TATARI

Watari

2

W0351597

TATARI Présentation des personnages

TAKERU NARIKAWA

L'ami de Tatari. Il vivait dans la pauvreté avec sa sœur Yuki, avant d'être assassiné par Belter Lu.

YUKI NARIKAWA

La petite sœur de Takeru. Elle a une santé très fragile, mais c'est une battante. Elle ignore que Takeru est en réalité Tatari.

AOI HAYAMI

Membre du club d'athlétisme du lycée Seisen. Au collège, elle a remporté toutes les compétitions de sa catégorie. Takeru et elle se connaissent depuis l'enfance.

Ancienne apparence

TATARI

Un grand yokai bakeneko autrefois redouté à Kyoto, l'ancienne capitale. Après une bataille contre les onmyoji, il a été enfermé pendant mille ans. Il a finalement réussi à briser le sceau et à s'échapper, mais il a été attaqué par un chien errant. Heureusement, grâce à l'intervention de Takeru, il s'en est sorti, et vivait depuis avec le jeune garçon et sa sœur. Cependant, Takeru est assassiné par un homme de la famille Lu, une organisation mafieuse de Hong Kong, et Tatari décide de prendre son apparence pour venger sa mort et protéger Yuki, sa petite sœur qui a la santé fragile.

KOHEI
KAWANO

Camarade de classe au lycée Seisen. Bon ami, attentionné et honnête, mais un brin frimeur.

HARUKA ABE

Nouvel élève du lycée Seisen. En réalité, il est le descendant d'un onmyoji. Il a vite compris que Tatari était un yokai. Il les chasse.

SETSUNA
ANDERSEN

Yokai au service exclusif de Belter Lu. Grâce à son pouvoir de yokai, elle a affronté Tatari au Japon avec un double, "la poupée des neiges", sans quitter Hong Kong. Elle a des capacités de combat hors normes.

BELTER
LU

Deuxième fils. Il a commandité l'assassinat de Takeru au Japon.

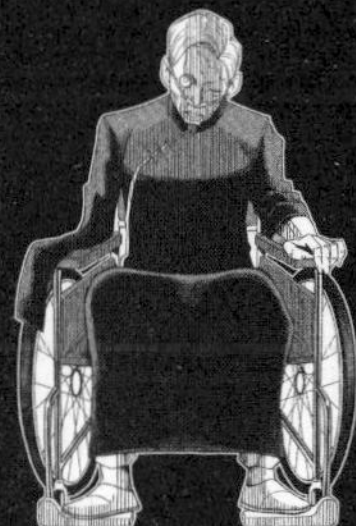

GARAND
LU

Le chef de la famille Lu. Le père de tous les héritiers, y compris Takeru. Il est alité et sa vie reste entourée de nombreux mystères...

Chapitre 9 – Dispute 5

Chapitre 10 – Deux yokai 23

Chapitre 11 – Réunion de famille 41

Chapitre 12 – Trahison 59

Chapitre 13 – Gaaah 77

Chapitre 14 – Dernier recours 95

Chapitre 15 – Un mort, juste une fois 113

Chapitre 16 – Moi aussi 131

Chapitre 17 – Impossible 151

Chapitre 18 – Une chose importante 169

Chapitre 19 – Une théorie très personnelle 189

Chapitre 9 – Dispute

Chapitre 9 – Dispute
C'EST SI CALME QUE C'EN EST MALAISANT...

RAAAH!
PFF!
DOM

J'AI POSÉ...
DES SCEAUX D'INVISIBILITÉ, D'INSONORI-SATION ET D'EXORCISME...
SURSHH
PARTOUT DANS CETTE PIÈCE !
PFT
TING
GAAH
AVEC ÇA, ON EST TRANQUIL-LES...
PSHT

*N.D.T. : boisson alcoolisée fermentée consacrée offerte aux divinités shintos.

ONMYODO ...
CRAC
ANNIHI-LATION SALUTAIRE ...
FORCE AZURÉE INFINIE !
DOM

GHH...
CRAC
CRAC
CRIT
OOH...
BAM!
AH...
BOM
FSHHH
TU ES CORIACE...
POF
CE TYPE...
L'ENVOÛ-TEUR DOIT SE MONTRER TRÈS PATIENT...
IL M'IMPOSE SON RYTHME SANS QUE JE PUISSE REPRENDRE LE DESSUS, MAIS SURTOUT...
IL DISPOSE D'UNE FORCE PHYSIQUE SURHUMAINE !
PEU IMPORTE, JE TIENDRAI LE COUP...

J'UTILISE UN SORT...
DE RENFOR-CEMENT PHYSIQUE !!
UN BUFF TRÈS CLASSIQUE, NON ?
TING
C'EST QUOI, CE CHARABIA ?
FSH
UN "BUFF" ?
TAP
PARLE UNE LANGUE QUE JE COMPRENDS, ONMYOJI !
FSHH
GRR

FSH
?!
ZUT...
IL M'A LIGOTÉ !
TCHAC
EN QUÊTE DU NIRVANA ...
PAR LE LIEN...
TAC !!

SCRSHH
LIGOTAGE IMPITOYABLE !
FOOH
FIUUU
TE VOILÀ PIEDS ET POINGS LIÉS.
AUTREMENT DIT, IMMOBILISÉ !

ET MAINTE-NANT...
LE COUP DE GRÂCE !
ANNIHILATION SALUTAIRE... COUP DESTRUCTEUR !
SBAM

SPAF
HM...
JE N'AI RIEN VU VENIR...
C'ÉTAIT QUOI ?
UN TRUC NOIR EST SORTI DE NULLE PART...
VSH
UNE QUEUE ?

DOM
BAM
!
KOF!
ZUT... JE L'AI SENTI PASSER...
MIEUX VAUT ESQUIVER...
TAP
VSH
TE DÉFILE PAS !
OOOH!
À MON TOUR DE TE SURPRENDRE !

CRAC
CLAC
CRAC
TECHNIQUE OFFENSIVE ET DÉFENSIVE...
MUR DE LA MORT MYSTIQUE !
GARE À LA DOULEUR SI TU LE TOUCHES !
BOM
TAC

DOM
GHH
...
UUH
...
...
DOM
DOM
GHH
JE...
M'EN
...
FI...
CHE !

QUAND JE COMMENCE À ME BATTRE, JE VAIS JUSQU'AU BOUT !

PAS QUESTION DE FAIRE MACHINE ARRIÈRE !
FSHHU

DOM
IL COMPREND CE QUE JE LUI DIS...
AFFAIRE RÉGLÉE
MISTER "BUFF" ?

Chapitre 10 – Deux yokai
...
AH... JE SUIS RAIDE...
PLUS AUCUNE FORCE DANS LE BAS DU CORPS...
LES DÉGÂTS SONT SÉVÈRES...
J'AI BIEN RATÉ MON COUP... ME FAIRE BATTRE LE JOUR DE MON ARRIVÉE...
IL VA ME FALLOIR DU TEMPS POUR M'EN REMETTRE...
TAP
MAIS...

Chapitre 10 – Deux yokai

LUI...
JE VAIS LE TUER.
C'ÉTAIT UN ADVERSAIRE PLUS FORT QUE JE L'IMAGINAIS... IL POURRAIT TRÈS BIEN M'ATTAQUER DE NOUVEAU PAR SURPRISE...
IL M'A DÉMASQUÉ ET ÇA, C'EST TRÈS EMBÊTANT.
SI JE LE BOUFFE, IL NE RESTERA AUCUNE TRACE, MAIS...
BEAUCOUP D'ÉLÈVES NOUS ONT VUS ENSEMBLE...
AUCUN PROBLÈME ! PAS DE CORPS, PAS DE PREUVE ! QUELQUES MENSONGES ET JE SERAI TIRÉ D'AFFAIRE.
L'ÉPARGNER ME FERAIT COURIR UN RISQUE...
BIEN PLUS GRAND !
ALORS...

POUR UNE FOIS, TU PEUX FERMER LES YEUX, NON ?
TAKERU !
C'EST BON...
OUI, JE SAIS...
TAKERU NE TUERAIT JAMAIS UN DE SES CAMARADES DE CLASSE...
MAIS LÀ, C'EST DIFFÉRENT !
“TU PEUX ME TUER...
D'AUTRES VIENDRONT À TA POURSUITE...

JE SUIS LE PLUS FAIBLE DES "QUATRE ROIS"...
ALORS, TREMBLE !"
...
HM...
OK, C'EST BON ! J'AI DIT TOUT CE QUE JE VOULAIS AVANT DE MOURIR !
MAINTENANT, TU PEUX ME TUER !
TU TE FICHES DE MOI ?
AH ! TU AIMES TUER À PETIT FEU ?
DANS CE CAS, ATTENDS ! JE PRÉFÈRE ENCORE MOURIR EN AVALANT LE POISON CACHÉ DANS MA MOLAIRE !
NON, NE...
ÇA VA, JE PLAISANTE ! D'UNE, J'AI PERDU QUELQUES DENTS TOUT À L'HEURE...
ET DE DEUX, AUCUNE NE CONTIENT LE MOINDRE POISON.
D'AILLEURS, JE ME DEMANDE COMMENT ILS ARRIVENT À FAIRE ÇA...

HÉ ! TU SAISIS LA GRAVITÉ DE TA SITUATION ?!
BIEN SÛR.
"TOUT OUTIL INUTILE N'A PLUS DE RAISON D'ÊTRE..."
C'EST AUSSI SIMPLE QUE ÇA.
JE NE VAUX PAS PLUS QUE CES SCEAUX DÉCHIRÉS ET CES CLOUS ARRACHÉS...
LES ONMYOJI COMME MOI NE SONT RIEN DE PLUS QUE DE GRANDS OUTILS JETABLES.
TING...
TING!
OOOH
CRT
ON NOUS REMPLACE FACILEMENT...
ET PERSONNE NE PLEURE NOTRE DISPARITION...
TU PEUX DONC M'ÉLIMINER ...
FSHH
SCRSH
SANS LA MOINDRE HÉSITATION !

JE CROIS QUE TU M'AS LOUPÉ...
LA FERME ! SINON JE TE TUE !
TU DÉGOULINES DE SANG DE PARTOUT...
ET TU PRÉTENDS N'ÊTRE QU'UN VULGAIRE "OUTIL" ?
LAISSE-MOI RIRE, HUMAIN !
TU PEUX AVOIR CONNU LA PIRE DES VIES...
AVOIR ÉTÉ SALEMENT REJETÉ...
SI TU ES NÉ DANS CE MONDE...
TU ES FORCÉMENT LIÉ À QUELQU'UN...

HUMAIN OU YOKAI, PEU IMPORTE !
TA MORT ATTRISTERA QUELQU'UN !
VOILÀ UNE THÉORIE TRÈS PERSONNELLE BOURRÉE D'INCOHÉ-RENCES...
DIFFICILE D'Y ADHÉRER ...
CRT
JE M'EN FICHE...
MOI, J'AI ENVIE D'Y CROIRE, C'EST TOUT...
SI CE N'EST PAS LE CAS, JE SUIS MAL...
TRÈS MAL.
IL LE FAUT, SINON...

COMMENT EXPLI-QUER...
QUE JE ME METTE DANS UN ÉTAT PAREIL ?
AÏE !
SCRSH
AH ! UN SCEAU D'EXORCISME...
FS

SCRT
バチッ
AÏE !
FSHUU
シュウウウ
OUILLE !!
CLANG
VLAM
バタン
...
SÉ-RIEUX ?
IL EST PARTI ?
UN YOKAI QUI ÉPARGNE UN HUMAIN ?
QUI PLUS EST, UN ENNEMI ?
IL NE M'A PAS BOUFFÉ...
NI TUÉ...
NI MÊME MENACÉ ?
...

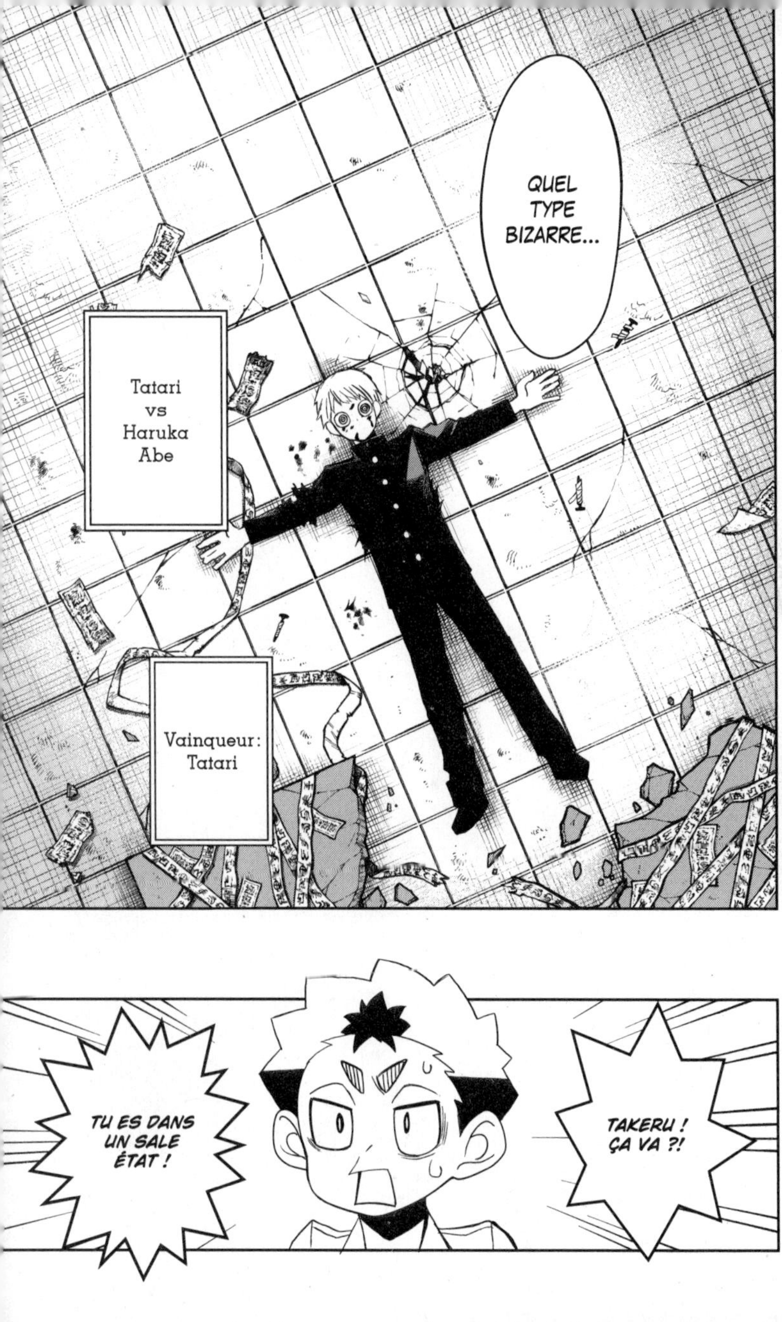
QUEL TYPE BIZARRE...
Tatari vs Haruka Abe
Vainqueur : Tatari
TAKERU ! ÇA VA ?!
TU ES DANS UN SALE ÉTAT !

TADAM
TU AS FAIT QUOI PENDANT VOTRE TOUR DU LYCÉE ?!
J'AI TRÉBUCHÉ DANS LES ESCALIERS ...
WAOUH ! UN BOBARD PAREIL, IL FALLAIT OSER !
IL S'EST PASSÉ UN TRUC AVEC LE NOUVEAU, HEIN ?!
VAS-Y ! JE T'ÉCOUTE !!
NON, JE T'ASSURE... TOUT VA BIEN...
TAC
CRSH
TING
TAKERU ?

J'AI MAL AUX FESSES (À MA QUEUE)...
QUOI ?!
SES VÊTEMENTS SONT DÉCHIRÉS...
IL EST ESSOUFFLÉ...
ET...
IL A MAL AUX FESSES !
TOUT EST CLAIR !
HEIN ?!
...
GLAC

TING
L'AUTRE, EN REVANCHE, IL EST TIRÉ À QUATRE ÉPINGLES !
OÙ AVAIT-IL PLANQUÉ DES VÊTEMENTS DE RECHANGE ?!
TAP
TAP
ET SES BLESSURES ? CACHÉES PAR DU MAQUILLAGE ?!
IL VIENT PAR ICI...
TAP
TAP
GLOUPS
OOH !
AAH !
TAP

DÉSOLÉ D'AVOIR ÉTÉ SI BRUTAL, TOUT À L'HEURE...
AH... C'EST PAS GRAVE ...
OOOH ! ÇA A ÉTÉ BRUTAL ENTRE EUX...
BON...
POF
À PLUS !
TAP
TAP
TAP
PFFF... IL EST VRAIMENT FLIPPANT, LUI...
OUAIS ...

TU M'AS ÉPARGNÉ...
ALORS J'EN FAIS AUTANT AVEC TOI.
DING DONG DANG DONG
MAIS JE TE TIENS À L'ŒIL...
AU MOINDRE ÉCART DE CONDUITE DANS CE LYCÉE ...
ALLEZ ! TOUT LE MONDE À SA PLACE !
TU ME MONTRES TON MANUEL ?
JE N'AI PAS ENCORE REÇU LE MIEN.
AH... OUI... SI TU VEUX...
JE TE TUE...
ZOOOH
ZOOOH

ÇA VAUT POUR TOI...
ET POUR L'AUTRE YOKAI.
ZOOH
SURSH

L'AUTRE
YOKAI ?

Chapitre 11 – Réunion de famille

Chapitre 11 – Réunion de famille

HA HA ! ALLONS...
SOYEZ GENTILS AVEC FRIA...
JE ME PERMETS DE DÉBAR-RASSER !
!
FSH
AH...
JE VOUS PRIE DE M'EXCU-SER...
ZOOON
ÖLLEGÅRD !
ALLEZ-Y, PRENEZ CETTE ASSIETTE !
JE NE MANGERAI PAS CES CHAMPI-GNONS !
PSST
PSST
C'EST DU GÂCHIS ? TU N'AS QU'À LES MANGER, TOI !

CROC
IL EST ÉNORME !
MAIS PAS QUE ! IL EST AUSSI TRÈS FORT.
Héritier – Troisième fils
Teider Lu
Yokai affilié : Öllegård
ICI, JE NE CONNAIS QUE TEIDER.
QUEL GENRE DE YOKAI ONT-ILS ?
LÂCHE-MOI ! TU M'EMPÊCHES DE MANGER !
C'EST LA PREMIÈRE FOIS QUE JE VOIS LES DEUX AUTRES.

HÉ HÉ !
Héritière - Deuxième fille
Fria Lu
Yokai affilié :
Tsugihagi
HÉ HÉ !
IL ME RESTE ENCORE TROIS YOKAI À DÉCOUVRIR...
JE M'EN RÉJOUIS D'AVANCE !
DE MON POINT DE VUE, CETTE GUERRE DE SUCCESSION...
S'APPARENTE DAVANTAGE À UNE LUTTE POUR LE POUVOIR TOTAL !
À LA MORT DU PATERNEL, LE PATRIMOINE SERA DIVISÉ EN PARTS ÉGALES...
DONC, S'IL NE RESTE QU'UN SEUL SURVIVANT LORSQUE CELA SE PRODUIRA...
CET HÉRITIER OBTIENDRA TOUS LES POUVOIRS DE NOTRE ORGANISATION ET LES LIENS FORTS QU'ELLE ENTRETIENT AVEC LA PÈGRE DES AUTRES PAYS !
TU PEUX RENONCER À TON HÉRITAGE, LE SANG DE NOTRE PÈRE COULERA TOUJOURS DANS TES VEINES.
ÇA DÉRANGERA TOUJOURS QUELQU'UN... CE RENONCEMENT NE SUFFIT PAS À TE GARANTIR LA VIE SAUVE.
ZOOON

TU VOIS ÇA COMME UNE GUERRE POUR LA SUPRÊMATIE, MAIS...
ÇA N'EST JAMAIS QUE TON HYPOTHÈSE PERSON-NELLE.
PFF !
NOTRE PÈRE A FOURNI À CHACUN DE NOUS...
DES "FONDS" ET UNE "ORGANISA-TION"...
MAIS ÉGALEMENT "L'ARMEMENT" ET "LES SOLDATS" SUFFISANTS POUR DÉTRUIRE LES AUTRES...
TCHAC
TCHAC
IL A MÊME AJOUTÉ DES YOKAI, CES MONSTRES ATYPIQUES.
TCHAC
TCHAC
POUR FINIR, IL A DÉPOSÉ TOUT ÇA SUR LA TABLE...
ET IL NOUS A OFFERT L'OPPORTUNITÉ DE NOUS ENTRE-TUER POUR QUE LE SURVIVANT REMPORTE LE PACTOLE.

C'EST POUR ÇA QUE J'AI AGI SANS ATTENDRE !
J'AI TUÉ LE GAMIN, LE SEUL FILS QUI N'AVAIT RIEN REÇU DE NOTRE PÈRE !
GROMM
L'OBJET PRINCIPAL DE CETTE RÉUNION, C'EST ÇA, NON ?!
GRANDE SŒUR, NE ME DIS PAS QUE TU ES FÂCHÉE, HEIN ?
CROUNCH
JE TE RAPPELLE QUE CE N'ÉTAIT PAS UN ENFANT DÉSIRÉ, IL N'ÉTAIT PAS DIGNE DE LA FAMILLE !
CROUNCH
UN SALE MIOCHE SORTI DE L'ENTRE-JAMBE D'UNE CATIN !
TU NE VAS PAS FAIRE TOUTE UNE HISTOIRE POUR UN GOSSE MAL ÉLEVÉ ET VULGAIRE !
HA HA HA HA HA HA HA HA HA HA HA HA HA HA HA !
PASSE ENCORE POUR LES ORIGINES FAMILIALES, MAIS...
EN MATIÈRE DE VULGARITÉ ET DE MAUVAISE ÉDUCATION, TU ES MAL PLACÉ POUR PARLER, BELTER...
PFF
HEIN ?
HÉ HÉ !
TING

BLAM
JE T'INTERDIS DE TE MOQUER DES HUMAINS !
TOI, MONSTRE ...
HÊ HÊ !
HÊ !
CRT

NE T'AVISE PAS DE TOUCHER À SETSUNA !!
SORT
SINON, JE TE TUE, GROS LARD.
ESSAYE UN PEU POUR VOIR, "PETIT" FRÈRE...
MAIS JE TE PRÉVIENS ...
TAC !!
CETTE FILLE METTRA TOUT EN ŒUVRE POUR ME DÉFENDRE !
CRR
ET TU SAIS POURQUOI ?
PARCE QU'ELLE SERAIT LA PREMIÈRE ENNUYÉE SI JE MOURAIS !
ÇA VAUT POUR ELLE...
MAIS AUSSI POUR TOUS LES YOKAI ICI PRÉSENTS !
CRT
CRT
CRT
CRT

DOM
VOUS NE POUVEZ PAS VOUS AFFRANCHIR...
DE CE SORT-LÀ !
ON LE DOIT À DES TYPES PAS TRÈS NETS, LES ONMYOJI JAPONAIS...
ILS VOUS L'ONT INCRUSTÉ SUR ORDRE DE NOTRE PÈRE !
SI L'HUMAIN AUQUEL VOUS ÊTES LIÉS VENAIT À MOURIR...
VOUS L'ACCOMPAGNERIEZ INÉVITABLEMENT.
TANT QU'ELLE PORTERA CE SORT, ELLE NE ME LAISSERA PAS MOURIR...
ET ELLE NE FERA RIEN QUI CAUSERAIT MA MORT.
CRT
BELTER !

RESTE OÙ TU ES...
RAIDEN.
DÉSOLÉ, BOSS...
JE DOIS ME CONTENIR.
PFF !
HA HA !
BRAVO ! TU L'AS BIEN DRESSÉ !
TU AURAIS BIEN AIMÉ PRENDRE LE DESSUS SUR MOI COMME AVEC LES DEUX AUTRES, MAIS...
ÇA N'A PAS MARCHÉ, GRANDE SŒUR !
C'EST LA DERNIÈRE FOIS QUE JE M'ASSIEDS À CETTE STUPIDE TABLE DES NÉGO-CIATIONS !
DÉSORMAIS, JE SERAI IMPITOYABLE ! À NOTRE PROCHAINE RENCONTRE ...
JE VOUS TUERAI TOUS !

DÉCIDÉMENT...
IL EST VRAIMENT INGÉRABLE...
DÈS LE DÉPART, J'AVAIS DE GROS DOUTES SUR LE FAIT QUE BELTER REJOIGNE L'ALLIANCE...
LA RÉUNION D'AUJOURD'HUI A AU MOINS PERMIS DE CLARIFIER LA SITUATION.
MAINTENANT, CONSULTONS MES AUTRES FRÈRES ET SOEURS...
Tic
CLANG
TAP
TAP
TAP
TAP

TIENS ?
JE N'AI PAS SOUVENIR D'AVOIR CONVOQUÉ DES CHEFS...
VROOOM
ON VA RÉUNIR TOUS NOS HOMMES AU PLUS VITE.
ET ENSUITE...
PFF ! QUELLE PERTE DE TEMPS, CETTE RÉUNION !
GRANDE SŒUR AUSSI S'EST BIEN RAMOLLIE !!
...
GLOUPS
VOUS ÊTES SÛR QUE C'EST ELLE QUI S'EST RAMOLLIE ?

TU ES VENUE DÉCLARER LA GUERRE, GRANDE SŒUR ?
LORSQU'ILS SE SONT INTRODUITS CHEZ VOUS...
VOUS AVEZ DIT...
C'EST À QUEL SUJET ?
ZOOM
ON NE PEUT PAS DIRE QUE CE SOIT TRÈS INTELLIGENT.
PARCE QU'IL EST ÉVIDENT QUE LA GUERRE A DÉJÀ COMMENCÉ !
ET PUIS, VOUS RÉPÉTEZ...
"LA PROCHAINE FOIS", "LA PROCHAINE RENCONTRE"...
VOUS REMETTEZ TOUJOURS À PLUS TARD.
COMME SI VOUS NE RÉALISIEZ PAS QUE VOUS ÊTES DÉJÀ PRIS DEDANS... À MOINS QUE...
VOUS EN AYEZ CONSCIENCE, MAIS QUE LA "PEUR"...
VOUS AMÈNE MALGRÉ VOUS À REFUSER DE VOIR LA RÉALITÉ.
JE NE CRITIQUE PAS LE FAIT D'AVOIR PEUR...
MAIS JE TROUVE QUE VOUS PRENEZ LA VIE AVEC TROP DE LÉGÈRETÉ ET D'IMPRUDENCE.
PAR EXEMPLE ...

EN VOITURE, VOUS DEVRIEZ ATTACHER VOTRE CEINTURE DE SÉCURITÉ.
LES HUMAINS SONT BIEN MOINS RÉSISTANTS QUE LES YOKAI.
CE SERAIT DOMMAGE DE MOURIR DANS UN BÊTE ACCIDENT DE LA ROUTE, NON ?
HÉ HÉ HÉ HÉ HÉ !
PFFF...
PAPA...
TAC
TU NE POUVAIS PAS ME FILER UN YOKAI MIEUX ÉDUQUÉ ?
LÀ, JE VAIS DEVOIR TOUT REPRENDRE À ZÉRO MOI-MÊME...
HÉ HÉ ! ♡

TIIING

?!
?!
MAIS… TU AS PERDU LA TÊTE ?!
TING TING TING TING
SI TU T'EN PRENDS À MOI ET QUE JE MEURS…
TOI AUSSI, TU…
HAAAA
TIC
MICKAEL ! ARRÊTE LE VÉHICULE !
J'AIME-RAIS BIEN, MAIS…
MES MAINS SONT COLLÉES AU VOLANT…
ET MON PIED À L'ACCÉLÉ-RATEUR !
JE NE PEUX PAS M'ARRÊ-TER !
EXACTE-MENT !
LÀ, ON PEUT DIRE QU'ON FILE "À TOUTE BERZIN-GUE"…

VROOOM
PLUS PERSONNE N'EST EN MESURE...
D'ARRÊTER CETTE GUERRE...

Chapitre 12 – Trahison

Chapitre 12 – Trahison

OOOOOH
AH... CES TYPES...
PEUT-ÊTRE DES SOLDATS ENGAGÉS POUR VOUS TUER, NON ?
JE PEUX VOUS DIRE QU'ILS ÉTAIENT BIEN ENTRAÎNÉS.
JE VOULAIS EN GARDER QUELQUES-UNS VIVANTS, MAIS ILS NE M'ONT PAS LAISSÉ LE CHOIX.

À L'ORIGINE, JE SUPPOSE QU'ILS DEVAIENT NOUS PRENDRE EN SANDWICH AVEC UN AUTRE GROUPE ARMÉ, MAIS...
COMME ON A CHANGÉ DE DIRECTION EN COURS DE ROUTE...
LEUR PLAN A ÉTÉ LÉGÈREMENT PERTURBÉ... HEUREUSEMENT, SINON J'AURAIS EU UN PEU PLUS DE MAL À LES ARRÊTER..
MICKAEL ...
AU FAIT, C'EST VOTRE CHAUFFEUR QUI LEUR FOURNISSAIT DES INFOS SUR NOUS.
QUOI ?
ALORS QU'ON ÉTAIT À PEINE SORTIS DU RESTAURANT...
LEURS VOITURES ONT COMMENCÉ À NOUS SUIVRE...
MICKAEL A CONSTATÉ LEUR PRÉSENCE À PLUSIEURS REPRISES, MAIS IL NE NOUS EN A PAS INFORMÉ.
SON REGARD ÉTAIT CELUI D'UN HOMME QUI PRÉPARE UN MAUVAIS COUP.

NON... JE NE PEUX PAS LE CROIRE...
IL M'AURAIT TRAHI ? LUI ?
JUSQU'AU DERNIER MOMENT, IL ÉTAIT EN CONTACT AVEC EUX, L'HISTORIQUE DE SON SMART-PHONE LE PROUVE.
TYPIQUEMENT LE GENRE DE PREUVE QU'IL FAUT EFFACER !
C'ÉTAIT MON CHAUFFEUR DEPUIS L'ENFANCE... ON VIENT DU MÊME VILLAGE...
ET POURTANT, IL VOUS A TRAHI !
ÉTAIT-CE L'APPÂT DU GAIN ? ÉTAIT-IL VICTIME DE CHANTAGE ? ON NE LE SAURA JAMAIS.
TOUTES LES FOIS OÙ NOUS SOMMES ALLÉS BOIRE ENSEMBLE !
C'ÉTAIT PLUS QU'UN EMPLOYÉ POUR MOI...
IL ÉTAIT COMME UN FRÈRE...
HÉ
HÉ
HÉ
ÉCOUTEZ, VOUS VENEZ À PEINE DE REPRENDRE CONSCIENCE...
ジャリ
TAP
PARFOIS, C'EST COMME ÇA, ON N'Y PEUT RIEN...

OUVRE LES YEUX, PETIT !
C'EST LA GUERRE !
MÊME ENTRE FRÈRES DE SANG...
POUR PRENDRE LE POUVOIR, ON EST PRÊTS À S'ENTRE-TUER, SE VOLER...

ET SE JOUER DES TOURS !
TAP
FSHT

BLAM
Tsugi-hagi.
Il peut prendre n'importe quel objet qu'il colle à son corps pour s'en faire des membres.
SCRT

BAAAAM!
AH...

REVOLT !!
SCRT
SCRT
SCRT
SCRT
SCRT
BOM
FSHH
TCHAC
TCHAC
TCHAC
TCHAC

GRRAC
BAAAM
PROLIFÉ-
RATION
SANS
LIMITE !!
FSHHT

ゴッ
GOOO

PLAF
HM...
UN RESTAURANT PANORAMIQUE AU 40E ÉTAGE, FORCÉMENT...
LA VUE EST BELLE !
C'EST QUOI, ÇA ? C'EST SUPER BIZARRE ...

QUOI ?
T'ES PAS MORT, TOI ?
TIC
TIC
TIENS ?
ÉTRANGE...
SON SORT BRILLE...
TIIING
SPLOSH
BOM

HA HA HA !
AH OUAIS... D'ACCORD...
ポト...
POF
"LA MORT DU CONTRACTANT ENTRAÎNE CELLE DE SON YOKAI"...
C'ÉTAIT DONC VRAI...
オオオオオオ
OHOOOO
NE T'EN FAIS PAS, BOSS !
ヌル...
FSH
CONTRAT OU PAS...
JE TE PROTÉGERAI !
CRT

OUI... J'AI BESOIN QUE LES HOMMES POSTÉS À L'EXTÉRIEUR VIENNENT FAIRE DU MÉNAGE ICI...
OCCUPEZ-VOUS AUSSI DE LA POLICE... RETARDEZ SON ARRIVÉE AUTANT QUE POSSIBLE...
DE PLUS...
...
HEIN ? QUOI ? JE NE COMPRENDS RIEN !
TU ME PROVOQUES OU QUOI ?!
FSHH
しゅん…
...
BIP
À VOUS DE JOUER !
FRIA... QUI AURAIT CRU QU'ELLE NOUS TRAHIRAIT ?
OUAIS... QUEL DOMMAGE...

ELLE N'AVAIT PAS LES ÉPAULES POUR PRÉPARER UN PLAN PAREIL…
OOOOH
QUELQU'UN TIRE LES FICELLES EN COULISSES.
QUAND LE DOUTE S'INSINUE, C'EST TERMINÉ.
ON NE SAIT PLUS DIFFÉRENCIER LES AMIS DES ENNEMIS.
LES HÉRITIERS MAINTENAIENT UN CERTAIN ÉQUILIBRE, MAIS…
LA MORT DE TAKERU NARIKAWA EST VENUE LE PERTURBER.
BELTER…

DOM
C'EST TOI QUI AS APPUYÉ SUR LA DÉTENTE !
TU L'AS ENFIN RÉALISÉ ?
CRR
CRR
PUISQU'ON NE PEUT PAS REVENIR EN ARRIÈRE...
ALORS AUTANT S'AMUSER ! ♡
HÉ
BEN, ALORS ? TU TREM-BLES ?
HÉ
TU AS FROID ?
HÉ
HÉ
Héritière Fria Lu et son yokai affilié Tsugihagi : défection par décès
Il reste six héritiers.

Chapitre 13 – Gaaah

HEIN ?
UN YOKAI PEUT HABILEMENT ...
SE GRIMER EN HUMAIN...
BEN QUOI ?
MOI, JE PEUX LE REPÉRER GRÂCE À MON ODORAT.
SNIF SNIF
À MOINS QUE...
...
SES CAPACITÉS SOIENT IDENTIQUES AUX MIENNES...
C'EST MARRANT, TU AS UNE ODEUR SUCRÉE, TOI.
EH OUAIS ! C'EST CELLE DE MON NOUVEAU SAVON !
ET QUE SON MIMÉTISME PUISSE ALLER JUSQU'À L'ADN...
POUR PLAIRE AUX FILLES, ON DOIT SENTIR BON !
HA HA...

Chapitre 13 – Gaaah

REGARDE, TAKERU...
DES JOURNALISTES ...
ILS S'INTÉRESSENT ENCORE À CETTE AFFAIRE...
DE DISPARITIONS DE JEUNES FILLES.
OUAIS...
LA TÉLÉ, C'EST PAS BON... PAS BON DU TOUT...
CES TEMPS-CI, DANS NOTRE QUARTIER D'OMAGASHI...
PLUSIEURS JEUNES FILLES ONT MYSTÉRIEUSEMENT DISPARU.
À VRAI DIRE, JE ME FICHE BIEN DE CE QUI A PU LEUR ARRIVER, MAIS...
JE N'AI AUCUNE ENVIE QUE LES REGARDS SE TOURNENT VERS NOUS...

SI JAMAIS LES TYPES DE HONG KONG VENAIENT À DÉCOUVRIR PAR HASARD QUE JE SUIS ENCORE VIVANT...
LA PREMIÈRE VICTIME ÉTAIT UN SANS-ABRI.
LE CORPS D'UN HOMME A ÉTÉ RETROUVÉ DANS UN PARC IL Y A ENVIRON SIX MOIS.
TU M'AS FICHU LA TROUILLE... TU PEUX ARRÊTER DE T'APPROCHER PAR DERRIÈRE SANS BRUIT ?
IL ÉTAIT DANS UN SALE ÉTAT, CE N'ÉTAIT PAS BEAU À VOIR...
EN FAIT...
IL AVAIT ÉTÉ VIDÉ DE SES ORGANES INTERNES.
ON A D'ABORD CRU QUE ÇA POUVAIT ÊTRE L'ŒUVRE DE CHIENS ERRANTS... LE MEURTRIER N'A PAS AIMÉ L'AGITATION PROVOQUÉE ET POUR RESTER DISCRET...
IL FAIT MAINTENANT DISPARAÎTRE LES CORPS.

EN TOUT CAS, AU DÉBUT, IL A PLUTÔT CHOISI DES PROIES QUI NE MANQUERAIENT À PERSONNE.
JUSQU'À PRÉSENT, ON DÉNOMBRE SIX SANS-ABRIS DISPARUS.
PUIS, DEPUIS PEU, L'HORREUR EST MONTÉE D'UN CRAN...
ET IL A COMMENCÉ À S'EN PRENDRE À DES JEUNES FILLES BIEN PORTANTES...
ET LA POLICE CRAINT QU'IL S'AGISSE D'UN SEUL ET MÊME MEURTRIER.
POURQUOI JE SUIS AUSSI CALÉ SUR LE SUJET, MOI ?
PAF
AAGAAAH...
Tic
Tic
KAWANO ?!
QU'EST-CE QUI T'ARRIVE ?!
C'EST QUOI, ÇA ?!
J'AVAIS BESOIN DE TE PARLER SEUL À SEUL.
BON, DANS MA COMMUNAUTÉ DES ONMYOJI...
CERTAINS PENSENT QUE LE RESPONSABLE POURRAIT ÊTRE UN YOKAI.
GAAAAH

CE NE SERAIT PAS VOUS...
PAR HASARD ?
DOM
NON...
JE N'AI RIEN À VOIR AVEC ÇA.
DIS DONC... TON ARRIVÉE DANS NOTRE LYCÉE...
OUI, EN EFFET...
JE ME SUIS INFILTRÉ ICI POUR ENQUÊTER ET PROTÉGER LA POPULATION.
LES ONMYOJI ONT DES LIENS ÉTROITS AVEC LES DIRIGEANTS DE L'ÉTAT.
ON NOUS CONFIE DES AFFAIRES LIÉES AUX YOKAI QUI NE PEUVENT PAS ÊTRE GÉRÉES PAR LES AUTORITÉS TRADITIONNELLES.
AH BON ?
"VOUS" ?
J'AI L'IMPRESSION QU'À SES YEUX...
L'AUTRE YOKAI ET MOI, ON EST AMIS...

REMARQUE, SI DEUX YOKAI SONT DANS LA MÊME CLASSE, CE N'EST PAS ILLOGIQUE...
IMAGINONS QUE JE LUI DEMANDE QUI EST L'AUTRE...
HEIN ? CE N'EST PAS TON AMI ?
TOI, JE T'AI ÉPARGNÉ, MAIS...
JE VAIS ALLER RENDRE UNE PETITE VISITE À L'AUTRE...
ATTENDS !
GRAAAAH
KYAH ! UN MONSTRE AU LYCÉE !
BROOOM
RAAH ! QUE J'IGNORE CE YOKAI OU QUE JE LE TROUVE...
AVOIR CET ONMYOJI DANS LES PATTES, C'EST LA PLAIE !
GRRR...
TU AS LE POUVOIR DE RECONNAÎTRE N'IMPORTE QUEL YOKAI, HEIN ?
ALORS QU'ATTENDS-TU POUR DÉMASQUER LE COUPABLE ET RÉSOUDRE CETTE AFFAIRE ?
MAIS À L'INTÉRIEUR, HUMAINS ET YOKAI...
SONT TRÈS DIFFÉRENTS.
MÊME BIEN DISSIMULÉS...
JE VOUS REPÈRE TOUT DE SUITE.

JE PEUX VOUS RECONNAÎTRE, MAIS...
JE NE VOIS PAS À TRAVERS LES OBJETS POUR AUTANT.
DANS LES MAISONS...
SOUS TERRE...
DANS LA FORÊT...
J'AI DU MAL À VOUS DÉMASQUER DANS CE GENRE D'ENDROIT.
AH BON ?
LE TYPE INUTILE...
JE POSE LA QUESTION COMME ÇA, MAIS...
SI C'EST UNE AFFAIRE DE YOKAI ET QUE TU LA RÉSOUS...
TU QUITTERAS NOTRE LYCÉE ?
PEUT-ÊTRE...

SI MA MISSION PREND FIN...
JE PEUX RETOURNER AU QUARTIER GÉNÉRAL.
...
PSST
SI JAMAIS LES ÉQUIPES DE TÉLÉ S'EN VONT...
PSST
ET QUE L'ONMYOJI DISPARAÎT, JE FAIS D'UNE PIERRE DEUX COUPS... NON...
PSST
D'UNE PIERRE TROIS COUPS, SI J'AJOUTE L'HISTOIRE DE L'AUTRE YOKAI...
OK ! JE VAIS T'AIDER !
PUISQUE TES YEUX NE SUFFISENT PAS...
JE TE PRÊTE MON ODORAT !
JE TE FILE UN COUP DE PATTE.

ZUT...
MAINTENANT, ILS SONT TROIS...
AH !
HOP
J'AIMERAIS QU'ON RENTRE ENSEMBLE, MAIS IL N'EST JAMAIS SEUL...
ÇA NE TE SUFFIT PAS DE LE VOIR AU CLUB D'ATHLÉTISME ?
ET PUIS, TU PEUX ALLER LUI PARLER MAINTENANT, NON ?
"BONJOUR !" "DE QUOI VOUS DISCUTEZ ?"
"TAKERU ! JE T'ADORE !" ♡
NON... IMPOSSIBLE...
À PART TAKERU, LES GARÇONS ME FONT PEUR...
AOI, TU EN IMPOSES PAR TA TAILLE, TU POURRAIS AVOIR UN PEU PLUS CONFIANCE EN TOI...
Hiii !

ENFIN...
C'EST AUSSI POUR ÇA QUE JE T'ADORE, MOI !
BOUH... MERCI, AKANE !
UN PEU PLUS TARD
ENSUITE...
QUE S'EST-IL PASSÉ ?
TU M'EXPLIQUES ?
POURQUOI ON AGIT DE NUIT ?

TU ESPÈRES PROFITER DE L'OBSCURITÉ POUR ME TUER AVEC TES AMIS ?
LE LYCÉE, MON PETIT BOULOT, LE CLUB DE SPORT, YUKI...
FIGURE-TOI QUE J'AI UN EMPLOI DU TEMPS CHARGÉ !
J'AI GALÉRÉ POUR ME LIBÉRER !
YUKI ?
BON, BEN, J'Y VAIS, YUKI !
YU
OK !
TA
JE NE PARS PAS LONGTEMPS, T'INQUIÈTE !
YU
D'ACCORD !
TA
SI JAMAIS TU TE SENS SEULE, APPELLE-MOI ET JE REVIENS TOUT DE SUITE...
YU
OUI ! C'EST BON ! VAS-Y !
MA PETITE SŒUR, L'HUMAINE.
J'AI MENTI, J'AI DIT QUE JE TRAVAILLAIS DE NUIT... ELLE AVAIT L'AIR TRISTE...
AH BON ?
BONSOIR !
VOUS ÊTES LYCÉENS ?
GAAAH...
C'EST QUOI, ÇA ?!

ALORS, C'EST ICI ?
PROBA-BLEMENT ...
L'ODEUR DES VICTIMES EST TRÈS CONCENTRÉE SUR CETTE ZONE.

UNE RIVIÈRE... UNE VOIE D'EAU...
UN YOKAI FAMILIER DES COURS D'EAU ?
QUI ARRACHE LES ENTRAILLES... LES COLLECTIONNE...
ET LES MANGE ?
CRR
CRR
CRR
CRR
CRR
CRR
CLANG
UN KAPPA ?

...
NON... RIEN...
ÇA PUE TROP ICI, JE N'ARRIVE PAS À ISOLER L'ODEUR.
ON A TROUVÉ SA SOURCE, C'EST DÉJÀ ÇA.
TU POURRAIS PRÉVENIR TON QG... ET LUI DEMANDER D'ENVOYER DES RENFORTS...
EFFECTUER DES RECHERCHES À PLUSIEURS SERA PLUS EFFICACE, NON ?

HEIN ?
DISPARU
HEIN...
HEIN...
HEIN...
LA CRAPULE...
DÈS QU'IL A COMPRIS QUE MON ODORAT NE SERVAIT À RIEN ICI, IL S'EST BARRÉ...
JE POURRAIS ME TIRER ET LE LAISSER LÀ...
DANS CES COULOIRS SINUEUX, PRIVÉ DE MON ODORAT...
IL FAUDRA PLUS D'UNE JOURNÉE POUR DÉBUSQUER LE KAPPA...
D'AILLEURS, RIEN NE DIT QUE C'EN EST UN...
SWIP
JE CROIS QUE JE PERDS MON TEMPS...

GAAAH !

Chapitre 14 – Dernier recours

*N.D.T. : type de magie empoisonnée que l'on trouve dans le folklore japonais.

Chapitre 14 – Dernier recours

HARITE
UWATE-NAGE
BUCHI-KAMASHI
ああああああか!!
AAAAH

NEKO-
DAMASHI !
PAAAF
PLASH
PLASH
PLASH
AH... CETTE SENSATION ...
ÇA FAIT SI LONG-TEMPS... J'AVAIS OUBLIÉ...
PIÉTINER ALLÈGREMENT LA VIE DES FAIBLES...

BEN QUOI ?!
HA
J'ADOOORE !
JE VOUS AFFRONTE AVEC LES PRISES DE SUMO QUE VOUS ADOREZ !
HA HA HA HA HA HA HA HA!
RÉSISTEZ UN PEU PLUS QUE ÇA !
FSHHH
DOM DOM DOM DOM

FSHHH
TOI...
QUI ES-TU ?
TING
J'ALLAIS TE POSER LA MÊME QUESTION, GROS TAS.
J'ENTENDS DIRE QUE QUELQU'UN CHASSE SUR MON TERRITOIRE, ALORS JE RAPPLIQUE ICI...
JE DÉCOUVRE UN NID DE MINABLES QUI NE COMPRENNENT RIEN...
ET VOILÀ MAINTENANT LEUR CHEF, HEIN ?
SNIF SNIF

*N.D.T. : organe fictif situé au niveau de l'anus, mets préféré des kappa.

SOIGNER LE MAL PAR LE MAL ?
DE NOS JOURS, JE CROIS QU'ILS APPELLENT ÇA UN PLACEBO.
VU TA TAILLE...
TU AS BESOIN DE BIEN PLUS QUE LES FOIES DE CINQ OU SIX HUMAINS POUR TE RASSASIER, HEIN ?
TING
PEU IMPORTE !
J'EN AI TROUVÉ UN DONT L'ÉNERGIE VAUT BIEN CELLE DE CENT HOMMES...
コッ

GOOH
GOOH
SOIS LE BIENVENU, PETIT...
GOOH
QUOI ? C'EST MON FOIE QUE TU VEUX ?
LÀ, TU PEUX T'ACCROCHER !
GOOH
F SHH...
LE CORPS DE TAKERU EST À MOI.
LA JEUNESSE SE CARACTÉRISE PAR SON MANQUE D'EXPÉRIENCE.
TES PROPOS SONT IRRÉFLÉCHIS.

?!
TU CROIS AVOIR VU TOUS MES KAPPA ?
DANS CES ÉGOUTS CONSTRUITS PUIS OUBLIÉS APRÈS LE DÉVELOPPEMENT URBAIN...
MES PETITS ONT FORMÉ PLUSIEURS COLONIES.
TU ES PRIS AU PIÈGE, COMME UNE SOURIS DANS UNE SOURICIÈRE...
OU PLUTÔT DEVRAIS-JE DIRE COMME UN "CHAT" ?

POF
ボトッ
ボトッ
POF
バシャ
PLOUF
バチャ
PLOUF
ZOOH
ズズズ
ズズ
ズレ
TAC
タ…
AH...
JE TE CHER-CHAIS...

TU SAIS QUE TU PARLES SUPER FORT ?
C'EST PLUS QUE BRUYANT...
PLOC
PLOC
ÇA CASSE LES OREILLES !
TU ES COUVERT DE SANG DE KAPPA ?
JE TE CROYAIS LOIN D'ICI...
BON, ALORS ? TA MISSION EN SOLO ?
TU AS RETROUVÉ LES DISPARUS ?
PLOUF
SI JE N'ÉTAIS PAS TAKERU, JE T'AURAIS DÉJÀ TUÉ...
OUI.

TOUT AU FOND DE LEUR NID...
J'AI DÉNICHÉ SIX CORPS D'HOMMES VIDÉS DE LEURS ORGANES...
ET TROIS AUTRES DE JEUNES FILLES À MOITIÉ DÉVORÉES.
COOL ! VOILÀ UNE BONNE CHOSE DE FAITE...
DES FOIES...
BIEN VIGOUREUX...
DES FOIES !!
BAM
GORA ! NON !
VSH
PUISQUE MON ENQUÊTE EST BOUCLÉE...

SCRASH
L'EXTERMINATION...
PEUT COMMENCER !
IL A L'AIR BIEN PLUS INVESTI QUE DANS SON DUEL CONTRE MOI...
IL EST FÂCHÉ CAR SES SEMBLABLES ONT ÉTÉ TUÉS ?
JE VAIS TOUS...
VOUS TUER...
TCHAC
ZOON
ET ÇA PRÉTEND N'ÊTRE QU'UN "OUTIL" ?
HA HA HA HA !
JE NE VAUX PAS PLUS QUE CES SCEAUX DÉCHIRÉS ET CES CLOUS ARRACHÉS...
"TOUT OUTIL INUTILE N'A PLUS DE RAISON D'ÊTRE."...
EN FAIT, C'EST UN HUMAIN COMME LES AUTRES !

DIS DONC, TOI...
CES YEUX ...
CETTE AURA, CETTE ODEUR...
TU ES LE FILS DE L'HOMME...
QUI M'A COUPÉ LE BRAS IL Y A DIX ANS ?
OOOOH
TU N'AURAIS MÊME PAS TA PLACE DANS UN BOCAL DE KODOKU.
NON... TOI...
UNE GUERRE DE SUCCESSION AURA LIEU...
À HONG KONG DANS UN AVENIR PROCHE...

TU N'ES PAS ASSEZ FORTE POUR ÊTRE...
LE YOKAI AFFILIÉ DE TAKERU NARIKAWA.
UNE FOIS, ÇA NE T'A PAS SUFFI ?!
GYAAAAAH
TU VEUX ENCORE TOUT ME PRENDRE, ONMYOJI ?!
NON ! PAS QUES-TION !!
HEIN ? QU'EST-CE QUE TU RACON-TES ?
JAMAIIIIS !!
TCHAC
TECH-NIQUE SECRÈTE ULTIME !
FSHOO

OUVERTURE DES CANONS FLUVIAUX...
DESTRUCTION !
GOOOH

C'EST QUOI, ÇA ?
EH BEN...
ELLE DISPOSE D'UN "DERNIER RECOURS" ?
APRÈS TOUT, SI ELLE A VÊCU PLUS DE TROIS CENTS ANS...
"LA VALEUR N'ATTEND POINT LE NOMBRE DES ANNÉES"...
J'IMAGINE QUE C'EST VALABLE AUSSI...
POUR LES KAPPA ?
DO
DO
DO
DO
DO
DO
CRAC

Chapitre 15 – Un mort, juste une fois

*N.D.T. : prise de sumo.
DOOOOM
SOKUBI OTOSHI* !
Chapitre 15
Un mort, juste une fois

GOOOOO
GA AH !
ELLE EMPORTE TOUT, MÊME SES SEMBLABLES...
GYAAH !
TAC
DOM
VSHH
SANS DISTINCTION...
ELLE EST EN PLEIN DÉLIRE ?
VRSHH
FSHAAA
CE GENRE DE MONSTRE EST PARTICULIÈREMENT PÉNIBLE...
ZOOOH

AU LYCÉE, COMME DANS CES CONDUITS, DANS UNE PIÈCE FERMÉE, JE NE VOIS QUE "ÇA".
DOM
J'AIMERAIS ÉVITER DE M'EN SERVIR, MAIS...
D'UN AUTRE CÔTÉ...
CE SERAIT TROP BÊTE DE PERDRE PARCE QUE J'AURAIS VOULU LA PRÉSERVER.
"LE SOLDAT COURAGEUX..."
FSH
"CELUI QUI SE BAT..."
HA HA HA HA ! VOILÀ UN COUP ULTIME BIEN MAL DÉGROSSI !
VIUM
IL AURAIT BESOIN D'ÊTRE AFFINÉ...
MAIS...

ÇA RESTE UN DERNIER RECOURS !
JE ME DOIS D'Y RÉPONDRE AVEC LA MANIÈRE...
PAF
GRIFFES DE LA MORT !
GRIFFES DU CHAT NOIR...
QUATRIÈME FORME...
CRIII
CRIII
Sous l'impulsion de la colère et du ressentiment, elle avait dirigé son attaque vers l'onmyoji, mais...
instinctivement, elle l'a basculé vers Tatari qui la menaçait...
ZOM

*N.D.T. : prise de sumo.

PUNITION
PETITE MORVEUSE !
DIVINE !

BLAM
SDOM
...
JE PENSAIS L'AVOIR DÉCOUPÉE EN PETITS MORCEAUX...
CE COUP... ET CE QU'IL A DIT...
VOLONTAI-REMENT OU PAS, IL ME L'A FAIT COM-PRENDRE...
JE SUIS UN PEU ROUILLÉ...
CE GARÇON DOIT ÊTRE BIEN PLUS VIEUX QUE MOI...
MAIS ALORS... COMMENT A-T-IL FAIT ?
EX-PLIQUE-MOI...
MOI, JE SUIS VIEILLE ...
MAIS TOI, TU ES PARVENU À RESTER TRÈS JEUNE...

JE SUIS DÉSOLÉ, TATARI...
JE TE SERS TOUJOURS DU POISSON BON MARCHÉ...
DÈS QUE JE TOUCHERAI MA PAYE, JE T'ACHÈTERAI DE LA VIANDE !
BEN...
C'EST PEUT-ÊTRE PARCE QU'ON M'A NOURRI...
AVEC DES TRUCS BIEN MEILLEURS QUE DU FOIE HUMAIN !
VRSH
...
GHHH ...
PLOUF
J'AIMERAIS POUVOIR EN DIRE AUTANT...
Bataille dans les égouts
Tatari vs la grande kappa Bikuni
Victoire de Tatari

HMM !
C'EST ÇA, TON ATTAQUE DE DERNIER RECOURS ?
QUAND TU METS TES BRAS EN CROIX, COMME ÇA...
FSH
FSH
PFF !
LA "PUNITION DIVINE" ?! TU PLAISANTES ?!
AVEC ÇA, J'AIGUISE MES GRIFFES, C'EST TOUT !
Ah ouais ?
CETTE TECHNIQUE A FAIT VACILLER UN PAYS TOUT ENTIER, IL Y A MILLE ANS, ET...
...
NON, NON ! MON COUP ULTIME EST BEAUCOUP PLUS IMPRESSION-NANT !
IL A DONC BEL ET BIEN UNE ATTAQUE SECRÈTE...
APRÈS UN COMBAT, IL A UNE MONTÉE D'ADRÉNALINE ?
OUPS ...
ATTEN-TION...
J'EN AI TROP DIT, LÀ...

SCRSH
BEN, ALORS ? J'ATTENDS !
PARLE-MOI DE TON DERNIER RECOURS !
TU ME PRENDS POUR UN IMBÉCILE ?
C'EST LE JOKER DES YOKAI.
ON NE VA PAS LE CRIER SUR LES TOITS.
TAC
CRRR
...

DIS-LE-MOI !
JE VEUX CONNAÎTRE LE NIVEAU DE DANGEROSITÉ DE TES POUVOIRS, ICI ET MAINTENANT...
ALLEZ !
"LA RÉSURRECTION".
HEIN ?

LA POSSIBILITÉ DE RESSUSCITER UN MORT...
UNE UNIQUE FOIS.
VOILÀ MA TECHNIQUE ULTIME.
...

...
PFF !
TAC
JE TE FAIS MARCHER !
TCHAC
TU SAIS BIEN QUE C'EST IMPOSSIBLE.
HOMME, YOKAI...
CHAT, ET J'EN PASSE...
QUAND ON MEURT, C'EST FINI. ON NE RESSUSCITE PAS.

MÊME UN GAMIN SAIT ÇA, NON ?
...
C'EST SANS FONDEMENT. IMPOSSIBLE.
IL S'EST JUSTE FICHU DE MOI ?
POURTANT... IMAGINONS UN COURT INSTANT...
QU'IL AIT PU RÉALISER L'IRRÉALISABLE ...
ALORS, EFFECTIVE-MENT, C'EST UN POUVOIR CAPABLE DE RENVERSER UN PAYS TOUT ENTIER...
...
ENFIN, BON...

S'IL EST POUSSÉ DANS SES DERNIERS RETRANCHE-MENTS LORS D'UN COMBAT...
IL S'EN SERVIRA.
TAP
C'EST SON DERNIER RECOURS.
AH...
AU FAIT, L'AUTRE YOKAI ÉTAIT-IL UN KAPPA ? JE N'EN AI PAS LA MOINDRE IDÉE...
ENFIN, MAINTENANT, ÇA N'A PLUS DE RAPPORT.
TOUS LES KAPPA ONT ÉTÉ ÉLIMINÉS.

GRÂCE À ÇA, L'ONMYOJI VA S'EN ALLER.
ズチャ TAP
ズチャ… TAP
BEN OUI, PUISQUE TOUS LES KAPPA ONT ÉTÉ ÉLIMINÉS.
…
OUI, OUI !
TOUS LES KAPPA ONT ÉTÉ ÉLIMINÉS !
BIP BIP BIP
大河寿司
ピ BIP
ピ BIP
ピ BIP
ピ BIP
PFFF… モゾ
HM…
…
ENCORE CINQ MINUTES…
A.A.A.H…
DE-BOUT !!
バ PAF !

DIS DONC !
TU POURRAIS ME RÉVEILLER PLUS GENTIMENT...
SANPEI !
GAAAH !

Chapitre 16 – Moi aussi

*Taigazushi

POF
POF ペチ
POF ペチ
POF ペチ
POF ペチ
D'ABORD, C'EST QUOI...
UN SHIRIKODAMA ?
J'EN SAIS RIEN, MOI !
バ PAF
TCHAC
JE TE TIENS !!
OUIII !!
大河寿司
電子マネー使えます!!
お持ち帰り承っております。
うわぁーん AAAH

UN KAPPA !
HEIN ?!
QUOI ?!
...
QU'EST-CE QU'ON EN FAIT ?!
QUI FAUT-IL PRÉVENIR ?! LA POLICE ?!
DU CALME, KOHEI.
JE SAIS PARFAITEMENT CE QU'IL FAUT FAIRE...
Junpei Kawano (père) Chef sushi

PAPA VA DEVENIR TOUYUBER !
SÉRIEUX ?
D'UN COUP ? COMME ÇA ?
ALLEZ !
LA CHAÎNE S'APPELLERA "KAPPAZUSHI TV" ET ON Y VERRA UN KAPPA PRÉPARER DES SUSHIS !
IL CHERCHE DÉJÀ À PROFITER DU KAPPA ?!
ENSUITE, ON FERA DES STAMPS D'APPLI !
ET TES VRAIS SUSHIS, ALORS ?! IMBÉCILE !
PEUT-ÊTRE QU'IL AIME LES CONCOMBRES ?
C'EST QUOI ?
MOI, JE NE ME NOURRIS QUE D'INSECTES.
SNIF
SNIF
HEIN ?
IL NE SAIT PAS CE QUE C'EST ?!
CROC

*Taiga

TIIING
AAAH !
QUEL DÉLICE !
C'EST LA PREMIÈRE FOIS QUE J'EN MANGE...
CROC CROC
OOOH...
IL EST TROP MIGNON...
IL A L'AIR PLUTÔT GENTIL, LUI...
JE LE VEUX !
JE SUIS PRÊTE À DEVENIR LA MÈRE DE CE PETIT !
Koko Kawano (mère) Femme au foyer
JE TE RAPPELLE QUE TU AS DÉJÀ UN FILS : MOI !

IL ARRIVE QUE DES PETITS COMME TOI SORTENT DE MON VENTRE.
PLOC
CERTAINS ONT UNE CROISSANCE ANORMALE...
TOI, C'EST TA TÊTE QUI EST ANORMALE-MENT GROSSE.
TON CERVEAU DOIT ÊTRE PLUS DÉVELOPPÉ QUE LES AUTRES... C'EST POUR ÇA QUE TU MAÎTRISES LE LANGAGE...
À L'INVERSE, TON CORPS EST PETIT...
ET JE DOUTE QU'IL GRANDISSE DAVANTAGE.
UN KAPPA INCAPABLE DE CHASSER N'A PAS SA PLACE DANS MON NID.
DÉBARRASSE-MOI DE LUI.
WAAAAH !
NE M'EXCLUEZ PAS !
WAAAAAAH !
JE FERAI TOUT CE QUE VOUS VOULEZ !

VRAIMENT ? ALORS RAMÈNE-MOI DES SHIRIKODAMA D'HUMAINS !
D'HUMAINS ?
LA GRANDE OBABA SE NOURRIT DE SHIRIKODAMA DE BÊTES.
NOUS NOUS EFFORÇONS D'AGIR À L'ABRI DES REGARDS DE CES SALETÉS D'ONMYOJI, MAIS...
ÇA DEVIENT INSUFFISANT... IL NOUS FAUT DES ALIMENTS PLUS RICHES.
SI TU NOUS EN RAMÈNES, TU RÉINTÈGRERAS LE CLAN.
POF
WAAAH!
ON LUI DEMANDE L'IMPOSSIBLE ...
IL SE FERA CAPTURER ET TUER.
HÉ HÉ HÉ !
SNIF
SNIF
OUAIS...
ET ENSUITE...
HA HA HA HA !
UN HUMAIN ?
C'EST ÇA...

COMME C'EST TRISTE...
MOUAIS, MAIS ON NE FERA PAS BEAUCOUP DE VUES AVEC UN EXCLU.
UN PEU DE TACT, JUNPEI !
J'AI BESOIN DE SHIRIKODAMA D'HUMAINS POUR POUVOIR RENTRER CHEZ MOI !
DONNEZ-MOI LES VÔTRES !
ON A COMPRIS L'IDÉE, MAIS...
C'EST QUOI, UN SHIRIKODAMA ?
J'AI EFFECTUÉ UNE RECHERCHE SUR LE NET...
ET IL Y A PLUSIEURS EXPLICATIONS POSSIBLES...
FOIE D'HUMAIN
ÇA POURRAIT ÊTRE DU FOIE HUMAIN.
DU FOIE ?
L'ORGANE INTERNE.
DU ROGNON.
RO-GNON ?
C'EST ÇA !

HÉ ! TU VAS TE FAIRE BANNIR !
AAAH...
FSH
FSH
BOM
...
SI TU VEUX, TU PEUX HABITER ICI.
HEIN ?
AH ! J'AURAIS DÛ VOUS DEMANDER AVANT, NON ?
ALORS ? POSSIBLE OU PAS ?
MOI, JE SOUTIENS À 200 % TOUTES LES INITIATIVES DE KOHEI !
PARFAIT ! LANÇONS UNE CHAÎNE FAMILIALE !
JUNPEI, ÇA SUFFIT !

*N.D.T. : personnage principal dans *Mon copain le kappa* de Shigeru Mizuki

Un an plus tard
SANPEI !
TAP
TAP
TU T'ES ENCORE SERVI DE MON GEL DOUCHE ?! LA QUANTITÉ A DIMINUÉ !
C'EST PAS MOI...
MENTEUR ! JE RECONNAIS LE PARFUM QUI SE DÉGAGE DE TA TÊTE DE MADE-LEINE !
JE L'AI ACHETÉ POUR SENTIR BON ET PLAIRE AUX FILLES ! IL N'EST PAS FAIT POUR TOI !
TCHAC
GRRR
BEN ? OÙ EST MA CROQUETTE ?!
GROM GROM
SANPEI !
NE GRIBOUILLE PAS SUR MON MANUEL !
RENDS-MOI CE T-SHIRT !
TAP
...
J'EN AI MARRE !

T'ES VRAIMENT PÉNIBLE !
TU VAS ARRÊTER DE ME TOURNER AUTOUR SANS ARRÊT !
ÇA SUFFIT !
PFFF
ALLONS, ALLONS...
OUiiiiN !
FERMÉ
REVENEZ PLUS TARD !
JE NE SAIS PAS CE QU'IL A CES TEMPS-CI !
IL N'ARRÊTE PAS DE M'EMBÊTER !
D'APRÈS CE QUE J'AI COMPRIS...
IL AVAIT DES CONGÉNÈRES, MAIS PAS DE FAMILLE, PAS DE FRÈRE ET SŒUR...
IL EST SÛREMENT HEUREUX D'AVOIR UN GRAND FRÈRE.
Hm...

TOUT LE MONDE AIME BIEN IMITER SON GRAND FRÈRE... ÇA DOIT ÊTRE ÇA, NON ?
IL A ENVIE DE SE FAIRE REMARQUER, ALORS IL T'EMBÊTE UN PEU.
C'EST COMME ÇA QUE FONCTIONNENT LES FRATRIES...
MAIS TU ES FILS UNIQUE, ALORS C'EST PLUS COMPLIQUÉ À COMPRENDRE.
PAPA...
TU ES FILS UNIQUE, TOI AUSSI, NON ?
EN EFFET ! J'AI PIQUÉ CETTE TIRADE À TA MÈRE !
ELLE, C'EST LA BENJAMINE D'UNE FRATRIE DE CINQ !
EN PLUS, QUATRE GRANDS FRÈRES !
AVEC UNE TELLE FAMILLE, PAS ÉTONNANT QU'ELLE SOIT SI RUSTRE !
BON...
JE VAIS EN COURS !
CLANG
BONNE JOURNÉE !

ÇA, NON !
SANPEI
SI QUELQU'UN TE REMARQUE, ON AURA DE GROS ENNUIS !
JE NE SUIS PAS LÀ.
JE TE VOIS !
C'EST QUOI, ÇA ?
BEURK
ET VOILÀ !
PAF
BAM
WAAAH !
Ha ha ha !
FSH
FSH
OUAIIIS !
C'EST BIEN TROP RISQUÉ...
DE L'IGNORER !

OOOH ! IL Y A PLEIN D'AUTRES ENFANTS COMME TOI, KOHEI !
SAN
POURQUOI VOUS ÊTES TOUS HABILLÉS PAREIL ?
SAN
TU RESTES DANS MON SAC ! PAS BOUGER !
KO
PAR BIENVEIL-LANCE ENVERS CEUX QUI ONT MAUVAIS GOÛT !
KO
IMBÉCILE ! SORS DE LÀ !
FLOP
IL EST BIEN CALME...
HEIN ?
FIUUU
GROSSE INSOLATION !

DIS DONC...
QUE FAIT...
UN YOKAI ICI ?
PUISQUE JE VOUS LE DIS !
CE GARÇON, LÀ... L'ONMYOJI... IL M'A PARLÉ DE YOKAI...
J'AI FLIPPÉ ! J'AI CRU QU'IL T'AVAIT DÉCOUVERT !
UN ONMYOJI ? ON SE CROIRAIT DANS UN MANGA.
J'AI DU MAL À Y CROIRE, MOI AUSSI, MAIS VU LES CIRCONS-TANCES...
CROC
持ち帰り
承って
おります。

HIER MATIN, TÔT...
À OMAGASHI...
NEWS NEO
UNE NOUVELLE DISPARITION ?
C'EST L'AFFAIRE DONT JE PARLAIS !
DES JEUNES FILLES ONT DISPARU...
C'EST INQUIÉTANT...
ÇA POURRAIT ÊTRE DES FUGUES ? OU DES ENLÈVEMENTS ?
TROP DE VACARME...
KOHEI ! KOKO ! SOYEZ PRUDENTS EN RENTRANT !
ENFIN, KOKO, TOI, TU N'ES PLUS UNE JEUNE FILLE, TU NE RISQUES PAS GRAND-CHOSE, MAIS...
QUOI ?!
OUPS... PARDON...

Jeudi, 8h
CE NE SERAIT PAS VOUS...
OOOOOH
PAR HASARD ?
JE N'AI RIEN À VOIR AVEC ÇA. TA
UNE AFFAIRE D'ORGANES ARRACHÉS ?
DES ORGANES... COMME LE FOIE ?
J'AI EFFECTUÉ UNE RECHERCHE SUR LE NET...
ÇA POURRAIT ÊTRE DU FOIE HUMAIN.
Engine
FOIE D'
ET SI C'ÉTAIT UN COUP DE LA GRANDE OBABA ?
ELLE S'EN PREND AUX HUMAINS ?
C'EST TERRIBLE ! JE DOIS EN INFORMER KOHEI...
"LES KAPPA SONT TRÈS DANGE-REUX"...

PROBLÈME ...
JE SUIS UN DE CES KAPPA...
Le lendemain, vendredi soir
大河寿司
KOHEI ! PRÉVIENS SANPEI QUE LE DÎNER EST SERVI !
OK !
ガチャ
CLAC
SANPEI !
À TABLE !

...
SANPEI ?

Au club d'athlétisme du lycée Seisen...
on s'entraîne aussi le samedi matin.
OUAiiis !
OUAiiis !
BLA BLA
BLA BLA
Chapitre 17 – Impossible...
NARI-KAWA !
JE PEUX SAVOIR POURQUOI VOUS TOUCHEZ MES CUISSES COMME ÇA ?
J'AI UN FAIBLE POUR LES JAMBES !
LA POSITION DE TON CORPS QUAND TU COURS, C'EST VRAIMENT N'IMPORTE QUOI...
AH BON ?
POURTANT, TU ES LE PLUS RAPIDE DE NOUS TOUS ! C'EST DINGUE !
MERCI...
TU FAIS PLEURER TON COACH !
Coach du club d'athlétisme Chiiko
PAR-DON ?

LES PREMIÈRE ANNÉE ! RANGEZ LES HAIES !
D'ACCORD !
CLANG
POF
PFFF
PAF
PAF
HEIN ?
FSH
KYA-AH !
BOM

AÏE...
QUE VEUX-TU ?
C'EST TOI QUI M'AS DEMANDÉ DE NE PAS T'ADRESSER LA PAROLE AU LYCÉE...

ROKURO ...
AOI...
Rokuro Hayami
Grand frère d'Aoi
TU M'EXPLIQUES ?
QUOI ?
TCH!
TCH!
TCH!
TCH!
TCH!
TOUJOURS CETTE MANIE DE FAIRE CLAQUER SA LANGUE...
...
CE MEC QUI DÉBARQUE ...
ET QUI DÉCROCHE AUSSITÔT UNE PLACE DE TITULAIRE DANS L'ÉQUIPE...
C'EST TOI QUI L'AS RAMENÉ ICI...
HEIN ? TU VEUX PARLER DE TAKERU ?
JE TE L'AI DÉJÀ EXPLIQUÉ.
LORS DES TESTS D'APTITUDE PHYSIQUE, SA VITESSE DE COURSE ÉTAIT IMPRES-SIONNANTE, ALORS...
POF

C'EST TOUT ? VRAIMENT ?
BIZARRE POUR UNE FILLE COMME TOI D'ORDINAIRE SI MAL À L'AISE AVEC LES GARÇONS...
AVOUE : TU AS FLASHÉ SUR LUI, HEIN ?
QUOI ?!
ARRÊTE ! TU DIS N'IMPORTE QUOI !
PAF
HÉ ! PAS SI VITE ! J'AI ENCORE DES TRUCS À TE DIRE, MOI !
MAIS ...
TAC
JE DÉTESTE CE GENRE DE MEC...
TU CROIS QU'ON PEUT LUI FAIRE CONFIANCE ?
CRRR
AÏE ! TU ME FAIS MAL...
TU ES SÛRE DE BIEN LE CONNAÎTRE ?

HAYAMI ?
FOR SUNDAY
CAT&MAN
JE T'AI ENTENDUE CRIER... ÇA VA ?
GHH
OUI, OUI ! TOUT VA BIEN !
ALLEZ ! MIEUX VAUT NE PAS TRAÎNER ICI !

TCH !
FSHHHH
IL COMMENCE À FAIRE CHAUD...
ÇA VA, HAYAMI ? TU ES TOUTE ROUGE...
OUI ! AUCUN PRO-BLÈME !
HÉ HÉ !
PRENDS GARDE À L'INSOLATION ...
FOR SUNDAY
CAT&MAN
YOUHOU !
SEULE AVEC TAKERU !
C'EST LE BLACK-OUT DANS MA TÊTE...
J'AI ENVIE DE LUI PARLER, MAIS JE NE SAIS PLUS QUOI DIRE...
AKANE ! À L'AIDE !
DONNE-TOI À FOND !
YOUHOU !

TAKERU ! QU'Y A-T-IL DANS CETTE BOÎTE ?
LÀ ? DES VERS DE TERRE.
HYAAAH !
POURQUOI ?!
BEN, EN FAIT...
MA PETITE SŒUR VEUT S'EN SERVIR POUR SON DEVOIR DE VACANCES...
ON N'EN TROUVE PAS BEAUCOUP DANS LE COIN...
Ha ha ha !
SI TU AS UN LIEU À ME RECOMMANDER...
BEN... JE PENSE QUE...
TU AURAS PLUS DE CHANCE DE L'AUTRE CÔTÉ DE LA COLLINE...
LA NATURE Y EST LA PLUS FOISONNANTE ...
MAIS FAIS TRÈS ATTENTION !

YAAAAH !
ON PEUT Y CROISER BEAUCOUP D'ANIMAUX SAUVAGES !
Lapins
Chats sau-vages
YAAAH !
Écu-reuils vo-lants
YAAAH !!
YAAAH !
Civet-tes pal-mistes
Écu-reuils
YAAAAH !!

SDOM
ズー
PFFF...
Mé-
sange
de
Chine
IMPOSSIBLE D'EN ATTRAPER UN SEUL...
HAA
HAA
SNIF
ぐす
SI LES KAPPA S'EN PRENNENT VRAIMENT AUX HUMAINS...
ALORS KOHEI ET SA FAMILLE RISQUENT D'ÊTRE ATTAQUÉS UN JOUR...
ET ÇA, JE M'Y OPPOSE CATÉGORI-QUEMENT !
HYPOTHÈSE
JE NE PEUX EN PARLER À PERSONNE...
LES KAPPA COMMETTENT DES ACTES HORRIBLES COMME ÇA ?!
HYPOTHÈSE
JE DOIS TROUVER UNE SOLUTION MOI-MÊME !

JE COMPTAIS RÉCUPÉRER LES SHIRIKODAMA DE PLEIN D'ANIMAUX ET LES OFFRIR À LA GRANDE OBABA...
Tanuki
COMME ÇA, ELLE LAISSERA LES HUMAINS TRANQUILLES.
C'ÉTAIT MON INTENTION, MAIS...
HAA
C'EST JUSTEMENT PARCE QUE JE SUIS NUL À LA CHASSE...
QUE J'AI ÉTÉ EXCLU DU CLAN...
HAA
LA GRANDE OBABA A RAISON...
AVEC CE CORPS-LÀ, JE SUIS TRÈS LIMITÉ...
はあ
PFFF
TA TÊTE EST ANORMALEMENT PLUS GROSSE QUE LE RESTE...
TU DOIS ÊTRE PLUS INTELLIGENT QUE LA MOYENNE...
MAIS OUI ! JE DOIS JOUER SUR MES ATOUTS...
JE SUIS MALIN ET INTELLIGENT !

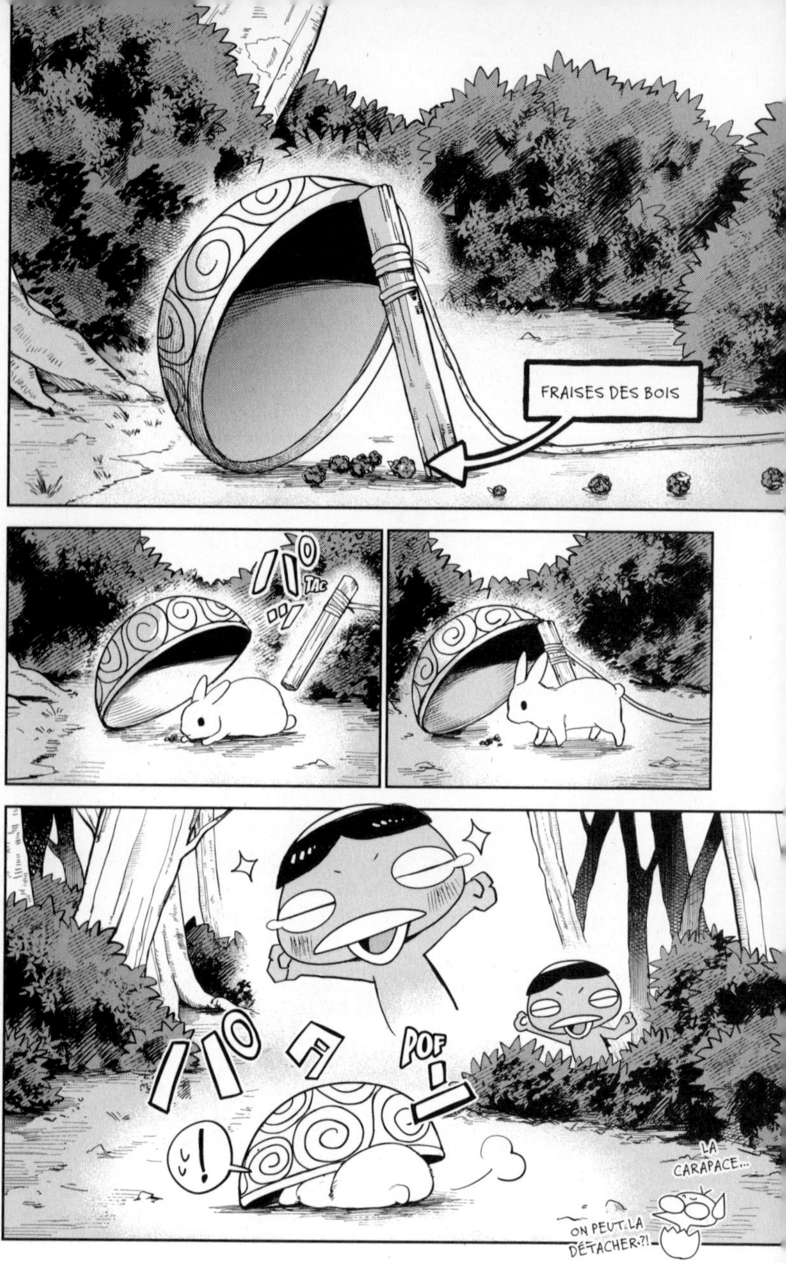
FRAISES DES BOIS
TAC
POF
LA CARAPACE...
ON PEUT LA DÉTACHER ?!

BRR BRR
BRR
BRR
BON...
ALLEZ...
BRR
...
VAS-Y...
C'EST NORMAL...
TUER POUR SURVIVRE...
C'EST LA LOI DE LA NATURE...
PSST
JE DOIS PROTÉGER CEUX QUE J'AIME...
JE VAIS PRENDRE TA VIE POUR ÇA...
C'EST UNE NÉCESSITÉ, TU COMPRENDS ?

IMPOSSIBLE...
PLOC
ボロ
PLOC
ボロ
JE N'Y ARRIVE PAS...
ÇA M'EFFRAIE ...
KOHEI ...
JE DOIS POURTANT ARRÊTER LA GRANDE OBABA...
...
COMMENT JE PEUX FAIRE ?
ガサッ
FRSH

UN CHIEN...
ぐるるるる
GRRRR
ガッ
GRAAAH
あああ
AAAAAAH

BLAM
OUPS ! JE L'AI FRAPPÉ !
KYAÏ!
DOM
DÉSOLÉ, LE COUP EST PARTI TOUT SEUL...
EN MÊME TEMPS, J'AI QUELQUES ANTÉCÉDENTS FÂCHEUX AVEC LES CHIENS.
KYAÏ! KYAÏ!

CE GARÇON...
IL EST DANS LA CLASSE DE KOHEI...
MERCI DE M'ÊTRE VENU EN AIDE...
JE SUIS ...
JE NE PENSAIS PAS QU'IL RESTAIT DES SURVIVANTS ...
HEIN ?
GOOOH !!
TCHAC
CRR
QUE... QUELLE FORCE...
PLUS UN SON NE SORT DE MA BOUCHE...
CRR
CRR
NE LE PRENDS PAS MAL, MAIS...
LA PRÉSENCE D'UN KAPPA, ÇA NE M'ARRANGE PAS...
ÇA RISQUE DE FAIRE REVENIR L'ONMYOJI !!

CRAC
TU VAS DEVOIR MOURIR.
人科医院
NON... JE NE L'AI TOUJOURS PAS RE-TROUVÉ...
PAS LA PEINE... RESTE À LA MAISON, MAMAN...
IL VAUT MIEUX QUE QUELQU'UN SOIT LÀ S'IL REVIENT ENTRE-TEMPS...
PLOC
PFF ! OÙ A BIEN PU PASSER SANPEI ?
INUTILE D'Y ALLER PAR QUATRE CHEMINS : ON A FINI PAR LE RETROUVER TRENTE MINUTES PLUS TARD.
MAL-HEUREU-SEMENT...
LORSQUE JE L'AI RAMASSÉ...
IL ÉTAIT AUSSI FROID ET IMMOBILE QU'UNE POUPÉE...

Chapitre 18
Une chose importante

À PROPOS DES "SORTS" D'ONMYOJI

C'est le sort de renforcement physique qui se trouve dans le dos d'Abe. Par principe, les onmyoji de rang élevé ont tous un sort (appelé "buff") gravé sur eux, et ils affrontent les yokai avec un corps renforcé. Le design des sorts varie selon les personnes. Celui d'Abe représente une "fleur de pêcher".

À PROPOS DES SORTS DES HÉRITIERS ET DE LEUR YOKAI AFFILIÉ

SORT DE SETSUNA

Motif : un flocon de neige

SORT DE TSUGIHAGI

Motif : aiguille à coudre

Nous avons reçu de nombreux messages des lecteurs à ce sujet, alors nous profitons de cette page pour y répondre. Concernant le sort qui lie le yokai à son maître, la mort du maître entraîne celle du yokai, mais pas l'inverse. Ce sort a pour but de le contraindre à protéger son maître de son mieux.

SORT DE RAIDEN

Motif : le tonnerre

SORT D'ÖLLEGÅRD

Motif : dents et yeux

?

Motif : arbre

NE LE PRENDS PAS MAL, MAIS...
TU VAS DEVOIR MOURIR.
CRRI
GHH
KOHEI !
CRR
CRR
TING
CRR
POUR PLAIRE AUX FILLES, ON DOIT SENTIR BON !

SNIF
SNIF
CE PARFUM SUCRÉ... DU GEL DOUCHE ?
C'EST LE MÊME QUE KAWANO ?
JE TE TROUVAIS DÉJÀ UN PETIT CÔTÉ TRÈS HUMAIN...
TU M'EXPLIQUES ?
JE...
J'HABITE AVEC LA FAMILLE DE KOHEI...
UN KAPPA CHEZ KAWANO ?
...
"UN AUTRE YOKAI"...
"UNE ODEUR COMMUNE"...
"UN PETIT CORPS"...
"JUSTE LA BONNE TAILLE POUR ENTRER DANS UN SAC"...

DIS DONC... TU NE VIENDRAIS PAS AU LYCÉE PARFOIS ?
SI... ÇA M'ARRIVE ...
ビク BRRR
ビク BRRR
JE ME CACHE DANS SON SAC À DOS...
ALORS, C'EST TOI "L'AUTRE" ?!
VIUM
FOR SUNDAY
AAAH !
Pfff...
BON...
TU POURRAS ME SERVIR D'INDIC...
...

ALORS ? J'AVAIS RAISON, HEIN ?
C'EST LÀ QU'ÉTAIT TON NID !
OUI... POSSIBLE...
C'ÉTAIT BOURRÉ DE KAPPA À L'INTÉRIEUR...
ET ON A MÊME TROUVÉ LA GRANDE OBABA DONT TU PARLAIS.
AUCUN DOUTE, JE TE DIS.

IL N'Y A PLUS DE KAPPA.
JE LES AI TOUS TUÉS.
...
DIS DONC, TOI ! C'EST QUOI, ÇA ?
UNE POUPÉE !
HEIN ? J'AI CRU L'ENTENDRE PARLER...
JE SUIS VENTRILOQUE !
OH ! TU ES DOUÉ !
じー
FIIUUU...
LUI, LÀ...
ET LES DEUX AUTRES LÀ-BAS...
ET CELUI-CI ICI...

CETTE POSTURE... CE NE SONT PAS DES TYPES ORDINAIRES...
DES ONMYOJI ?
ON NOUS CONFIE DES AFFAIRES LIÉES AUX YOKAI...
QUI NE PEUVENT PAS ÊTRE GÉRÉES PAR LES AUTORITÉS TRADITION-NELLES.
ILS SONT LÀ POUR ÉVITER QUE LES GENS VOIENT DES CORPS DE YOKAI...
POUR FAIRE LE MÉNAGE...
UN SACRÉ BOULOT...
TIENS ? OÙ EST PASSÉ LE GAMIN ?
...
HM ...

BON, TU L'AS COMPRIS...
JE SUIS RESPONSABLE DE LA MORT DE TOUT TON CLAN...
ALORS ? TU VEUX TE VENGER ?
IMPOSSIBLE... JE ME FERAIS TUER...
OUI, CLAIREMENT ...
ET PUIS... JE SUIS PEUT-ÊTRE UN MOINS QUE RIEN...
FOR SUNDAY
CAT&MAN
MES CONGÉNÈRES ONT ÉTÉ EXTERMINÉS...
LA GRANDE OBABA EST MORTE...
MAIS QUAND JE PENSE QUE KOHEI ET SA FAMILLE NE SONT PLUS EN DANGER...

AU FOND DE MOI, JE SUIS SOULAGÉ...
JE SUIS UN ÊTRE CRUEL, SANS CŒUR, QUI NE PLEURE MÊME PAS LA MORT DE SES COMPAGNONS...
PLOC
PLOC
SNIF ぐす
SNIF ぐす
DIRE ÇA EN PLEURANT, C'EST PARADOXAL, NON ?!
ATTENDS... IL EST PLUTÔT MARRANT, LUI...
TAC
BON, ALORS ?
COMPTE TENU DE LA PRÉSENCE DES ONMYOJI...
CRRR
JE FERAIS MIEUX DE LE TUER VITE FAIT...
TU T'INQUIÈTES BEAUCOUP POUR KAWANO ET SA FAMILLE, OK, J'AI COMPRIS...
MAIS EUX ?
QU'EST-CE QU'ILS PENSENT DE TOI ?
ILS M'EN VOUDRONT SI JE TE TUE ?
JE L'IGNORE...
J'HABITE CHEZ EUX, MAIS...

D'AILLEURS, J'AI QUITTÉ LA MAISON SANS RIEN LEUR DIRE ET...
AAAAH !!
SANPEI ! QUE FAIS-TU LÀ ?
HAA
HAA
ET EN PLUS, AVEC TAKERU ?!
EUH... CE TRUC DANS TA MAIN... IL NE S'AGIT NULLEMENT D'UN KAPPA...
JE SUIS GRILLÉ !
ÇA CRAINT ! REMARQUE, TAKERU PEUT COMPRENDRE, NON ?
EN FAIT... EUH... C'EST...
SAUF QUE SI TOUT LE MONDE APPREND L'EXISTENCE DE SANPEI À CAUSE DE LUI, ÇA CRAINDRA ENCORE PLUS !
TÉLÉ, JOURNALISTES...
HÔPITAL...
COBAYE DE LABORATOIRE...
ISOLEMENT...
POUR UN NOVICE, ÇA RESTE QUAND MÊME UN ANIMAL QUI PARLE !
NON, LÀ, JE RÉFLÉCHIS TROP...

Il a saisi l'essentiel.
AH ! TU PARLES DE TA "PELUCHE" ?
JE VIENS DE LA RAMASSER...
C'EST SURTOUT QUE ÇA ME GONFLE DE PARTAGER UN SECRET.
MA "PELUCHE" ! OUI ! BIEN SÛR !
Conversation de façade pour donner le change.
PSST
BOUGE, PARLE ET JE TE TUE.
PSST
PSST
IDEM SI TU RÉVÈLES QUI JE SUIS.
TU LA BOUCLES ET TU JOUES LA PELUCHE.
GLOUPS
AH, DIS DONC...
POF
JE SUIS UNE PELUCHE... JE SUIS UNE PELUCHE...
EFFECTIVEMENT, C'EST BIEN LA PELUCHE QUE J'AVAIS PERDUE...
TU VEUX BIEN ME LA RENDRE ?
OUI, BIEN SÛR...
FST
JE SUIS UNE PELUCHE... JE SUIS UNE PELUCHE...

...
EN FAIT, NON...
J'AIMERAIS BIEN EN FAIRE CADEAU À MA SŒUR...
ÇA T'EMBÊTE DE ME LA DONNER ?
POF
À MOINS QUE POUR TOI...
ELLE AIT UNE VALEUR SENTIMENTALE PARTICULIÈRE ?
NON ...
MAIS ...

EN FAIT, SI...
J'Y TIENS BEAUCOUP ...
ELLE FAIT UN PEU PARTIE DE LA FAMILLE...
RENDS-LA-MOI, S'IL TE PLAÎT.
UUH...
GLOUPS
PLOC
PLOC
AH ! JE CROIS QU'IL NE PLEUT PLUS !
FSH
PLOC
PLOC
BAM

!
PFFF !
ポーン
POF
OUTCH !
SI TU Y TIENS TANT QUE ÇA, FAIS-Y PLUS ATTENTION !
JE NE SERAI PAS TOUJOURS LÀ POUR LA RAMASSER !
OUI !
DÉSOLÉ ! ET MERCI !
JE TE REVAUDRAI ÇA, TAKERU ! PROMIS !
BON, ON SE VOIT DEMAIN… NON, C'EST DIMANCHE …
ALORS, À LUNDI AU LYCÉE !
NE PLEURE PAS !
TAKERU NOUS REGARDE ! TU ES UNE PELUCHE, NE L'OUBLIE PAS !
PARDON, KOHEI…
CHUT ! TU PARLERAS QUAND ON SERA À LA MAISON !

HÊ...
HÊ... HA HA !
ÇA, C'EST UNE PREMIÈRE...
JE N'AVAIS ENCORE JAMAIS ENVIÉ QUELQU'UN...
POUR UNE CHOSE QU'IL POSSÉDAIT...
C'EST PAS GLORIEUX...

FLAP
SALUT, TATARI !
CROA
DÉSOLÉ DE TE SORTIR DE TON MOMENT D'ÉMOTION, MAIS JE SUIS VENU CHERCHER MA RÉCOMPENSE...
A
A
OÙ TU VOIS DE L'ÉMOTION, TOI ?
ARRÊTE... CAPTER CE GENRE DE TRUC, ÇA ME CONNAÎT...
ZOOH
J'AI TROIS YEUX, CE N'EST PAS POUR RIEN !
ET J'AI MÊME TROIS TÊTES !
ENFIN, ÇA NE FAIT JAMAIS QUE TROIS CERVEAUX DE PIAF, HEIN ?
HA HA HA HA HA HA!
CLAC
QUEL BOUCAN ...
TU ES LÀ POUR ÇA ?
FRT
LES VERS DE TERRE...
FRT
YOUPiiii!!!

BON...
ET COMMENT SE PORTE YUKI ? PAS DE CHANGEMENT ?
FOR SUNDAY
CAT&MAN
FLAP
NON, TOUT VA BIEN !
À LA MAISON...
SUR LE CHEMIN DE L'ÉCOLE, DANS LA COUR...
IL EST PEUT-ÊTRE TRÈS OCCUPÉ PAR L'ATHLÉTISME, MAIS... IL ME DÉLAISSE QUAND MÊME UN PEU TROP, NON ? JE SUIS SA PETITE SŒUR ADORÉE, MOI !
TOUS LES CORBEAUX DES ENVIRONS LA SURVEILLENT...
ET POUR L'INSTANT, RIEN À SIGNALER DE PARTICULIER.
LA MAFIA HONGKONGAISE DONT TU PARLAIS, OU DES YOKAI, ON N'A RIEN VU.
BON...
CONTINUEZ COMME ÇA ET PRÉVENEZ-MOI SI VOUS CONSTATEZ LA MOINDRE ANOMALIE.
AU FAIT, TOUT À L'HEURE, J'AI ASSISTÉ À UNE SCÈNE UN PEU INHABITUELLE.
CROAAA
UN HUMAIN ET UN YOKAI QUI MARCHAIENT MAIN DANS LA MAIN, ET QUI AVAIENT L'AIR DE BIEN S'ENTENDRE.
HEIN ? AH BON ?
ÇA DOIT ÊTRE KAWANO ET SON KAPPA...

C'ÉTAIT UN LYCÉEN ACCOMPAGNÉ D'UN KAPPA, JE SUPPOSE ? NE VOUS EN FAITES PAS POUR ÇA...
UN LYCÉEN ?
CLONG
NON, NON...
TING
CLONG
IL ÉTAIT BIEN PLUS JEUNE QUE ÇA...
CLONG
...
QUOI ?
UN KAPPA ?
NON... LE YOKAI N'AVAIT PAS D'ASSIETTE POSÉE SUR LE CRÂNE.
CLONG
HI HI!
MAIS PLUTÔT UN CRÂNE DE SANGLIER !
CLONG
CLONG
C'EST ICI ?

TADAM
VOILÀ DONC LA VILLE OÙ TAKERU NARIKAWA EST NÉ...
Héritier – cinquième fils
Konia Lu
Yokai affilié : Beriko
ET OÙ IL EST MORT...
*Sanglier

Le lundi, trois jours après l'extermination des kappa
Quartier général des onmyoji
Chapitre 19
Une théorie très personnelle
JE VOUS PRIE D'ACCEPTER TOUTES MES EXCUSES...
POUR NE PAS AVOIR RÉUSSI À SAUVER LES VICTIMES DE L'AFFAIRE DES DISPARITIONS EN SÉRIE.

OOOOH
LA PRINCIPALE RESPON-SABLE, OBABA...
AINSI QUE SES QUATRE-VINGT-SIX PROGÉNITURES ONT ÉTÉ...
OOOOH
TOTALEMENT ÉLIMINÉES.
Onmyoji
Lignée A
Haruka Abe

Chef des onmyoji Raigo Abe
...
J'AI ...
QUELQUES QUESTIONS À TE POSER.
POURQUOI NE PAS AVOIR DEMANDÉ DE RENFORTS AU QG...
LORSQUE TU AS LOCALISÉ LE NID DES YOKAI ?
EST-CE LA SEULE RAISON ? D'APRÈS LE RAPPORT QU'ON M'A FAIT...
LORSQUE TU AS PÉNÉTRÉ DANS LE NID...
TU ÉTAIS ACCOMPAGNÉ D'UN "INTRUS" ?
J'AI PENSÉ QUE LES DISPARUS ÉTAIENT PEUT-ÊTRE ENCORE VIVANTS...
ET QU'IL FALLAIT AGIR SANS DÉLAI POUR AVOIR UNE CHANCE DE LES SAUVER.

OUI.
J'AI REÇU L'AIDE D'UN YOKAI.
TADAM
COMMENT TOI, UN ONMYOJI, AS-TU OSÉ COOPÉRER AVEC UN TEL MONSTRE RÉPUGNANT ?
FLAP
N'AS-TU PAS PENSÉ QUE CELA RISQUAIT D'ENTACHER NOTRE RÉPUTATION ?
J'AI ESTIMÉ QUE LE RÉSULTAT OBTENU SUFFIRAIT À NOUS LAVER DE TOUTE TACHE.
POF
SI VOUS LE PERMET-TEZ...
J'AI ÉGALEMENT UNE QUESTION À POSER.

CELA CONCERNE LE GRAND KAPPA QUE NOUS AVONS ÉVOQUÉ TOUT À L'HEURE...
TU ES LE FILS DE L'HOMME...
UI M'A OUPÉ LE BRAS IL Y A DIX ANS ?
IL A PRÉTENDU AVOIR PERDU UN BRAS DANS UN AFFRONTEMENT CONTRE VOUS...
JE M'INTERROGE DONC SUR LA RAISON DE SA SURVIE...
...
MALGRÉ UNE BLESSURE AUSSI IMPORTANTE.
VOUS N'AVEZ DE CESSE DE RÉPÉTER QUE NOUS DEVONS ÉLIMINER TOUT YOKAI QUI SE PRÉSENTE À NOUS, SANS LA MOINDRE HÉSITATION...
J'AI DU MAL À CROIRE QU'IL AIT JUSTE PU VOUS ÉCHAPPER...
JE ME DEMANDE ONC POUR UELLE AISON...
J'IGNORE DE QUI TU PARLES !
DE PLUS, JE T'AI DÉJÀ EXPLIQUÉ QU'IL NE FALLAIT PAS SE LAISSER BERNER PAR LES DIRES DES YOKAI.

ET PUIS, NE CHANGE PAS DE SUJET ! NOUS PARLONS ICI DE TA RELATION AVEC L'AUTRE YOKAI !
TRÈS BIEN ! JE LE TUERAI !
POUR PRÉSERVER L'HONNEUR DES ONMYOJI...
JE ME CHARGERAI MOI-MÊME DE L'ÉLIMINER.
FSH
PAR CONSÉQUENT, J'APPRÉCIERAIS QUE VOUS TRANSMETTIEZ UN MESSAGE À CEUX QUI ME SURVEILLENT ET AUX ONMYOJI DES ENVIRONS...
PÈRE...
CLANG
"C'EST MA PROIE, PERSONNE N'Y TOUCHE"...
D'ACCORD ?
VLAM

TAP
TAP
TAP
BLAM
OH
TIENS, TIENS ! MAIS C'EST LE PETIT ABE !

IL PARAÎT QUE TU AS MIS MOINS D'UNE SEMAINE À ACCOMPLIR TA DIFFICILE MISSION ?
JE RECONNAIS BIEN LÀ NOTRE TÊTE DE SÉRIE N°1 !
HA HA HA HA !
Onmyoji – Lignée N Akira Nishikibe
Onmyoji – Lignée N Kurami Nezube

AKIRA...
ENCORE EN TRAIN DE MARTYRISER LES NOUVEAUX ET LES GARS DE NIVEAUX INFÉRIEURS ?
OH ! JE NE MARTYRISE PERSONNE !
JE PROCÈDE À UN "AJUSTEMENT".
NOUS, LES ONMYOJI, NE SOMMES QUE DES OUTILS À TUER LES YOKAI, N'EST-CE PAS ?
JE PROCÈDE DONC À DES TESTS DE BON FONCTIONNEMENT DES NOUVEAUX ARRIVÉS !
GHH...
GHH...
JE RECONNAIS QUE JE POUSSE PARFOIS UN PEU LOIN ET QUE JE LES ABÎME, MAIS...
HA HA HA HA !
OÙ EST LE PROBLÈME ? CE NE SONT PAS LES REMPLAÇANTS QUI MANQUENT !
TU SAIS, LA MORT D'UN "OUTIL" PEUT ATTRISTER CERTAINES PERSONNES.
HEIN ?

D'OÙ TU SORS ÇA ?
HO HISSE !
VA SAVOIR ...
HUMAIN OU YOKAI, PEU IMPORTE !
TA MORT ATTRISTERA QUELQU'UN !
C'EST JUSTE UNE THÉORIE TRÈS PERSONNELLE BOURRÉE D'INCOHÉRENCES...
IL EST VRAI QUE CE YOKAI, POUR DIVERSES RAISONS...
EST UN "INTRUS"...
TU PEUX ME RAPPELER OÙ SE TROUVE L'INFIRMERIE ?
CETTE DEMEURE EST UN VRAI LABYRINTHE, ON S'Y PERD TRÈS FACILEMENT...
PAS SI VITE ...
QUI T'A AUTORISÉ À LE PORTER ? C'EST MON "ÉLÈVE".
EN FAIT, ABE...
JE CROIS QUE TU ES "ABÎMÉ", TOI AUSSI ...

FRSH
KING
TU N'AURAIS PAS BESOIN D'UN PETIT AJUSTE-MENT ?
TU SAIS QU'ON NE DOIT PAS SE BATTRE ENTRE ONMYOJI... SI LE CHEF L'APPREND, ÇA VA BARDER POUR NOUS.
PFF ! NE LE SURESTIME PAS TROP ! TU CONNAIS L'ADAGE "PAS VU, PAS PRIS", NON ?
TIC チラ
JUSTE-MENT...
LE CHEF NOUS OBSERVE DEPUIS TOUT À L'HEURE DEPUIS LE FOND DU JARDIN.
AH !
HEIN ?!

PA
PAF
TCHAC
POF
Ghh...
...
Hein ?
DOM
BAM

GOOH
VIUM
FRSH
BLAM

OUPS ! DÉSOLÉ...
J'AI CRU VOIR LE CHEF DANS LE JARDIN, MAIS JE ME SUIS TROMPÉ...
EN FAIT, C'ÉTAIT JUSTE...
UN TANUKI.
JE SUIS SINCÈREMENT DÉSOLÉ !
TAP
BON, BEN, SALUT !
TAP
AH...
AH...
AH...
TU L'AURAS VOULU...
LIBÉRATION DE MÔN...
ARME YOKAI !

OK ! STOP ! TERMINÉ !
CLAC
RANGE TON ARME ! ICI, C'EST "TERRAIN MINÉ" !
Hé hé !♡
Onmyoji – Lignée K
Azumi Kusakabe
KUSA-KABE...
NE M'APPELLE PAS PAR MON NOM DE FAMILLE, IL EST MOCHE !

TU T'ES ENCORE FROTTÉ À HARUKA ?
FAIS-TOI UNE RAISON !
TU N'AS AUCUNE CHANCE DE GAGNER CONTRE LUI !
AU SEIN DES GOJUON, LES CINQUANTE ONMYOJI...
ET DANS TOUTE L'HISTOIRE DES ONMYOJI, IL FAIT FIGURE DE COMBATTANT PRODIGE.
IL NE ME FAIT PAS PEUR, À MOI... LA NOTORIÉTÉ DE SON PÈRE JOUE EN SA FAVEUR, C'EST TOUT.
C'EST LE DIGNE FILS DE SON PÈRE, NOTRE CHEF.
POUR DES ONMYOJI ORDINAIRES, BIEN CONNAÎTRE ABE, C'EST LE B.A-BA.
Hé hé !
Pfff ! Toi alors...
TU N'ES PAS LE PREMIER ONMYOJI AU SANG CHAUD À VOULOIR S'EN PRENDRE AU PETIT GÉNIE...
ET À CHAQUE FOIS, ÇA S'EST TRÈS MAL TERMINÉ POUR EUX...
JE M'EN CONTRE-FICHE !

EN TANT QUE REPRÉSENTANT DES ONMYOJI ORDINAIRES...
JE ME PORTE VOLONTAIRE POUR METTRE EN PIÈCES LE GÉNIE ET ENTRER DANS L'HISTOIRE !
HA HA HA HA HA!
AH OUI ? BON COURAGE !
JE CROIS SURTOUT QU'ON VA SE SOUVENIR DE TOI COMME LA CENTIÈME VICTIME DE HARUKA...
MAIS ÇA, JE LE GARDE POUR MOI.
ÇA SENT LE ROUSSI...
LA PRÉSENCE D'UN INTRUS...
HEIN ?

ÇA NE PEUT PAS S'ARRÊTER LÀ...
JE VAIS PRÉPARER MES AFFAIRES POUR ALLER AU LYCÉE DEMAIN...
J'AI QUITTÉ L'AUTRE DES YEUX PENDANT TROIS JOURS...
J'ESPÈRE QU'IL NE S'EST RIEN PASSÉ...
HOOOOOO
Au même moment, au parc Shinonome
TAKERU NARIKAWA ?
DOM
TU VEUX BIEN JOUER AVEC MOI ?
Héritier - cinquième fils
Konia Lu
Yokai affilié : Beriko
TATARI 2 - FIN

À SUIVRE...

TATARI 3

disponible en juillet 2025 !

TATARI Vol. 2
by Watari

© 2025 Watari
All rights reserved.
Original Japanese edition published by SHOGAKUKAN.
French translation rights in France, Monaco, French speaking
Belgium, Luxembourg, Switzerland and Quebec in Canada
arranged with SHOGAKUKAN through VME PLB SAS.

Édition française
Traduction depuis le japonais : Thibaud Desbief
Lettrage : Anne Demars
Correction : Margaud Fossé

© 2025, Éditions Glénat
Couvent Sainte-Cécile – 37, rue Servan – 38000 Grenoble
contact@glenat.com
ISBN : 978-2-344-06773-4 / 001
Dépôt légal : avril 2025

Imprimé en France en mars 2025 par Dupliprint
sur papier provenant de forêts gérées de manière durable

www.glenat.com